처
용

처용

발행일   2016년 03월 31일

지은이   최항기
펴낸이   최수진
펴낸곳   세나북스
출판등록 2015년 2월 10일 제300-2015-10호
주소   서울시 종로구 통일로 18길 9
홈페이지 banny74@naver.com
전화번호 02-737-6290   팩스 02-737-6290

ISBN   979-11-87316-00-8 03810 (종이책)

이 도서의 국립중앙도서관 출판예정도서목록(CIP)은 서지정보유통지원시스템 홈페이지(http://seoji.nl.go.kr)와
국가자료공동목록시스템(http://www.nl.go.kr/kolisnet)에서 이용하실 수 있습니다.
(CIP제어번호 : CIP2016008339)

최항기 소설

서라벌 달 밝은 밤에
밤늦도록 노니다가
들어와 자리를 보니
다리가 넷이더라!
둘은 내 것인데
둘은 누구의 것이냐!
본디 내 것이다만
빼앗겼으니 어찌 하오리오!
아아 뭇 사람들이여
본시 내 것은
아무것도 없었느니라
– 처용가

한국 역사상 최고 유행가를 꼽는다면 무엇이 있을까? 이런 질문을 던지면 성별이나 세대별 또는 취향에 따라 갖가지 의견이 나올 것이다.

하지만 천 년을 이어온 유행가가 있다면 어떨까? 필자는 처용이 불렀다는 '처용가'를 한국 역사상 최고 유행가라고 생각한다. 그 곡조가 그대로 전해졌는지는 알 수 없다. 하지만 가사 내용이 지금까지 이어지는 것으로 보아서 곡조 역시 닮은꼴로 전해져 내려왔을 가능성이 크다.

처용이라는 이름은 삼국사기에는 나오지 않고 오직 삼국유사에만 전한다. 삼국사기 헌강왕 5년 기사에 '어디서 왔는지 알 수 없는 네 사람이 왕의 수레 앞에 와서 노래 부르고 춤을 추었다. 생김새가 해괴하고 옷차림과 두건이 괴상하였다. 당시 사람들은 그를 산과 바다의 정령(精靈)이라 일컬었다.'란 대목이 있는데 이를 바로 처용을 지칭한 대목이라고 보기도 한다. 물론 학자에 따라서는 이와 무관하게 상징적 의미로만 보기도 한다.

삼국유사에 나온 처용은 잘 알려진 바대로 자신의 아내를 범한 역신을 보고서도 춤과 노래로 관용을 베푼 사람이다. 삼국유사 처용랑망해사(處容郎望海寺)에는 이런 내용과 함께 향가 처용가가 실려 있다. 이와 상통하는 대목이 악학궤범에 고려속요로서 한글로 실려 있어 향가 해독의 중요한 열쇠가 된 것은 유명한 일이다. 이를 다시 보면 한 노래가 유구한 세월이 지나도록 어느 정도 변화는 겪었을지언정 제 모습을 유지한 채 줄기차게 불려 왔다는 증거이기도 하다.

소설 '처용'은 학자들 사이에서 흔히 얘기되는 무당, 아랍권 외국인, 신라 말 사회상을 풍자한 상징적 의미 등의 해석에서 벗어나 '당대 최고 유행가를 만들어낸 가수'라는 이미지로 처용을 그려보았다. 또한 필자는 현재는 전해지지 않는 향가집인 '삼대목'이 발간된 시점이 처용이 활동했던 시기에서 멀지 않다는 점도 주목해 보았다.

이 소설을 읽으며 현대판 처용이 나온다면 이 세상에 어떤 영향을 미칠까 상상해 보는 것도 좋을 것이다. 싸이가 노래 '강남스타일'로 1년 남짓 동안 전 세계를 흥겹게 하며 엄청난 대스타가 된 것을 생각하면 천 년을 이어온 노래를 부른 처용 또한 그 시대를 풍미한 대스타가 아니겠는가!

필자는 처용암이 있는 울산에 살고 있다. 천 년 전, 수없이 많은 사람이 흥에 넘쳐 노래를 따라 부르고, 춤을 추고, 때로는 노래 속에 빠져 감상에 잠긴 채 처용이 부르는 처용가를 듣는 모습을 상상해본다. 그 모습은 현재 우리가 음악을 즐기고 노래를 사랑하는 모습과 크게 다르지 않을 것이다. 천 년을 이어온 문화적 유산이 처용가에 살아 숨 쉬고 있는 것이다. 이제 그 이야기 속으로 독자들을 초대하겠다.

차례

등장인물

처용

당나라 장안 인근에서 태어났다. 출신은 물론 성(姓)도 알 수 없으며 절에 버려졌다가 후에 속세로 내려오면서도 법명이 곧 이름이 되었다. 음악에 대해서는 천재적 재능을 지니고 있으며 한번 보면 누구나 기억하는 특이한 용모를 지니고 있다. 천성적으로 낙천적인 성격이고 오직 노래와 춤만이 삶의 전부라고 생각한다.

김위홍

신라 왕족이며 왕족 간의 갈등으로 일찌감치 당나라 장안으로 유학길에 오른다. 도중에 처용을 만나 그의 노래에 반해 신분을 초월한 친구가 된다. 처용 못지않게 노래를 잘 부른다. 신라로 돌아온 이후에 처용과는 다른 길을 가게 된다.

최치원

신라 육두품 귀족 출신. 세상에 자신의 재주를 펼치고 싶은 욕망과 출세에 대한 야망이 있다. 처용, 위홍과는 모종의 일로 친분을 쌓는다. 서라벌에서 벌어진 노래경연을 이용해 세상을 바꿀 기회를 잡겠다고 마음먹는다.

이원

당나라 왕족. 아둔하고 사치스럽지만 왕족이라는 사실 하나로 부귀영화를 누린다. 처용, 위홍과 친분을 쌓고 그들과 더불어 술과 노래 부르기를 즐긴다.

효병

장안에서 벼슬살이를 하다가 출가한 스님. 속세 이름은 왕진. 면벽 수도 중 처용의 노래 솜씨가 범상치 않음을 깨닫는다. 세상 사람들에게 좋은 노래를 들려주겠다며 어린 처용을 데리고 다시 속세로 내려온다.

마희

아름다운 장안의 기생. 그의 진짜 신분은….

1장
노래하는 아이

1.
"노래는 무엇입니까?"

어두운 절 안에서 누군가가 물었다. 세상 곳곳을 여행해 오다가 이제 막 피곤한 몸을 뉘인 늙은 스님은 주름진 눈가에 웃음을 지으며 나지막하게 읊조렸다.

"그 순간 빛나는 감정이지. 노래를 부르는 순간 무엇을 하면 그것은 춤이 된다네."

늙은 스님은 눈을 감으며 중얼거렸다.

"이쪽으로 귀한 분이 올 것 같네……."

"이 눈발 속에서 누가 찾아온단 말입니까?"

늙은 스님은 대답 대신 코를 골며 잠에 빠졌다.

하염없이 눈이 내리는 겨울날 새벽.

처음부터 소리가 없었던 곳처럼 사람의 귀에는 아무 소리도 들리지 않았다.

눈 속에서 먹이를 찾던 토끼 한 마리는 무언가 소리를 듣고 귀를 쫑긋거렸다. 사락사락 눈 내리는 소리에 맞추어 서걱서걱 눈이 밟히는 소리가 희미하게 섞여 들어있었다.

소리를 내는 사람은 한 여인이었다. 여인의 마른 얼굴은 새카맣게 타 있었고 온통 해어진 천을 몸 곳곳에 두르고 있었다. 여인은 허벅지까지 푹푹 빠지는 눈을 힘겹게 헤치고 나아갔다. 여인의 눈은 생기가 없었지만 한 곳을 바라보는 초점만은 분명 살아있었다. 여인이 바라보는 곳은 종남산 중턱에 자리 잡은 사찰 지상사였다. 여인은 양손에 유난히 커다랗게 두른 갈색 거적 뭉치를 들고 있었다.

힘겹게 지상사 입구까지 다다른 여인은 한참 동안 굳게 닫힌 문을 바라보다가 손에 두른 거적 뭉치를 조심스럽게 문 앞에 내려놓았다. 여인은 무릎을 꿇고 큰절을 올린 다음 황급히 자리를 떴다. 거적 뭉치는 덩그러니 절문 앞에 놓여 내리는 눈을 맞으며 서서히 파묻혀 갔다. 그리고 곧 쌓이는 눈과 하나가 되어 보이지 않게 되었다.

한참 뒤, 절 문이 열리며 삽과 넉가래를 든 젊은 스님 두 명이 양옆으로 갈려 주위부터 힘차게 눈을 치워나가기 시작했다. 두 명의 삽과 넉가래가 가운데로 몰릴 무렵이었다.

넉가래를 든 스님이 맞은편의 스님에게 손을 들어 삽질을 멈추게 했다.

"왜 그러는가?"

"가만히 들어보게나. 땅속에서 소리가 들리네."

두 스님은 조용히 귀를 기울였다. 짧은 정적 동안 아무런 소리도 들리지 않자 소리를 듣지 못한 스님이 피식 웃으며 삽을 힘껏 들어 두껍게 쌓인 눈을 내려찍으려 했다. 그 순간 눈 속에서 가느다랗게 소리가 새어 나왔다.

- 아 아앙 아앙.

그 소리는 분명 아기의 울음소리였지만 무엇인가를 갈구하고 요망하는 보통 아기의 울음소리와는 달랐다. 분명한 운율로 아이의 울음소리는 반복되고 있었다.

- 아 아앙 아앙 아 아앙 아앙.

두 스님은 서둘러 눈 속을 파헤쳤다. 갈색 거적 뭉치가 드러났다. 소리를 처음 들었던 스님이 거적을 풀어헤치자 말라비틀어진 아이가 힘없이 울고 있었다.
"아기가 노래를 하네!"
"허! 노래? 그러고 보니 그렇게 들리네. 허허… 가련한 것."
스님은 아기의 가련한 모습에 눈물을 흘렸다. 스님은 아기를 거적에 다시 꽁꽁 싸 꼭 끌어안고 법당으로 향했다.

2

지상사는 당나라의 수도 장안 남쪽에 있
는 종남산 산등성 높은 곳에 있는 사찰이었다. 장안사는 가끔 장안
에서 물러난 관리들이 그간의 회한을 곱씹으며 칩거하는 곳이기도
했다. 지상사 승려 효병도 그런 사람 중 하나였다.

효병은 부유한 집안의 장손이었다. 그의 본명은 왕진이라고 하였
다. 슬하에 두 딸을 둔 왕진은 12년 전, 40세의 나이에 간의대부(議議
大夫: 여러 정세를 파악하여 황제에게 진언을 올리는 관리)라는 요직까지 오른
바 있었다. 황제는 직언하는 신하들을 싫어했고 마음에 들지 않는
말을 하는 신하가 있으면 그 자리에서 유배를 보냈다. 왕진은 자신의
자리를 보전하느라 왕에게 직언을 하지 않았다. 왕진은 무난하게 관
리생활을 이어나갔다.

그렇게 하루하루 살아가던 왕진은 두 딸이 연이어 시집을 간 후 얼
마 지나지 않아 아내와 사별하여 홀로 남게 되었다. 평소 불교를 믿
었으며 음악에 조예가 있던 왕진은 외로움을 잊기 위해 불경과 음악
에 빠졌다. 왕진은 날마다 불경을 깊이 읽었다.

벼슬살이가 업보라고 스스로 결론을 내린 왕진은 벼슬을 그만두
고 집은 자신의 동생에게 맡겨둔 채 종남산으로 올라 지상사에 머물
렀다. 그리고 그곳에서 효병이라는 법명을 달고 스님이 되어 눌러있
게 되었다.

왕진은 원래 학식이 깊은 터였고 불경에 대한 이해도 깊었다. 음악
을 자주 접하고 노래를 자주 불러왔던 터인지는 알 수 없지만, 불경

을 읊는 소리도 청아했다. 늦게 부처에게 귀의했음에도 효병은 금방 뭇 스님들의 존경을 받게 되었다. 9년이 지나자 큰스님으로 대우받게 된 효병은 가슴속에 큰 의문 하나를 두고 있었다.

'음악은 어디에서부터 비롯된 것인가? 부처님께서는 음악을 어떻게 말씀하셨나.'

효병은 자신의 의문을 주지 스님에게 말하기도 했지만 주지 스님은 웃으면서 고개를 가로저었다. 효병의 의문은 다른 스님들에게는 논외의 대상이었다. 심지어는 속세의 속된 가락에 연연하지 말라는 충고까지 있었다.

효병은 무료할 때 동자승들에게 노래를 가르쳤다. 그중 한 동자승은 효병을 유독 따르며 가르치는 노래를 빨리 배웠다. 효병은 그 동자승에게 틈나는 대로 많은 노래를 가르쳤다. 그런 효병을 안 좋게 보는 스님들도 많아 그 동자승은 효병에게 배운 노래를 부르다가 다른 스님들에게 꾸중을 듣기도 했다.

밤새 비가 무척이나 내린 후 아침은 활짝 갠 어느 날이었다. 산새 소리가 요란한 가운데 아침 공양을 마친 효병은 홀로 조용히 나무 아랫자리를 잡고 눈을 감은 채 참선을 하고 있었다. 그날따라 왠지 평소 흔히 들어오던 산새 소리가 효병의 귀를 어지럽히기 시작했다. 효병은 짐짓 그 소리를 외면하고 참선에 임하려 했지만 그럴수록 새소리는 더욱더 커졌다.

"훠이."

효병은 자신도 모르게 작은 목소리로 새를 쫓으려 말을 했다. 당연히 새 울음소리가 그칠 리는 없었다. 효병은 저도 모르게 새를 쫓으려 '훠이' 하고 소리를 낸 것이 부끄러워졌다. 새소리는 점점 더 커졌다. 효병은 잠시 참선에 빠져 있다가 새소리에 맞추어 '훠이 훠이' 노래를 부르기 시작했다. 얼마나 지났을까 효병은 새소리와 자신의 목소리가 어우러지고 있는 와중에 나지막한 웃음소리가 섞여 있는 것을 듣고서는 눈을 번쩍 떴다. 효병의 시선 멀리 주지 스님의 뒷모습이 보였다.

다음날, 효병은 작은 토굴에 자리를 깔고 앉아 면벽 수도를 시작했다.

3.

효병이 면벽 수도를 한 지 일 년. 따스한 어느 봄날 오후였다.

지상사 승려 도천은 피리를 들고 손을 든 채 벌서고 있는 동자승을 앞에 두고 혀를 끌끌 차며 야단을 치고 있었다.

"네 이놈 처용아! 그동안 누차 이르지 않았느냐? 가무와 기악에만 열중하면 마음이 심란해진다고! 그런데 틈만 나면 마을로 내려가 사람들 앞에서 노래하고 춤을 추니 어허……. 쯧쯧쯧! 오죽하면 지상사에서 동자승에게 가무를 가르치는 게 아니냐는 말까지 나오느냐! 고약도다!"

비썩 마른 얼굴에 이제 열 살, 동자승 처용은 도천을 빤히 쳐다보다가 당돌하게 말했다.

"스님, 오래전 효병 스님이 말씀하시길 음악은 부처의 말씀일지도 모른다고 하셨습니다. 부처의 말씀을 행한 제가 이렇게 벌을 서는 것은 부당하옵니다."

도천은 잠깐 어처구니없다는 표정을 짓다가 생각을 가다듬었다.

'그래 이 녀석은 효병 스님과 가까이 지냈었지. 이 아이가 그런 짓을 한 것도 다 효병 스님의 가르침이 있어서일게야. 하여간 본래 속가의 사람이 주는 가르침은 참 어설프지 아니한가!'

도천은 처용에게 벌을 그만 서도록 한 뒤 자신의 방으로 불러서는 물어보았다.

"그래, 벌을 서는 것이 부당하다고? 왜 그런지 네 말을 한번 들어보자꾸나."

처용은 잠시 머뭇거리다가 작정한 듯이 말문을 쏟아내었다.

"벌을 선다는 것은 잘못을 했을 때가 아닙니까? 전 가무로서 마을 사람들을 즐겁게 했으니 오히려 보시(布施: 조건 없이 베풀어 주는 일)를 한 셈입니다."

"허! 보시라니, 네가 가무를 행한 것이 무슨 보시란 말이냐? 그것은 그저 네 녀석이 제풀에 즐거워서 한 것을 마을사람들이 본 것에 지나지 않는 것이다!"

도천의 반박에 처용은 눈을 동그랗게 뜨고 답했다.

"도천 스님! 효병 스님께서 예전에 말씀하시기를 좋은 법을 설파하거나 재물을 베푸는 것 외에 사람들을 두려움이나 어려움으로부터 구하는 것도 보시라고 하셨습니다."

도천은 처용의 입에서 효병 스님 얘기가 자꾸 나오자 자신도 모르게 크게 화를 내었다.

"에이! 네 이놈! 왜 자꾸 효병 스님의 말로 덮으려 하는 게냐! 네놈의 행위가 어찌 보시가 된다고 말장난을 치려는 게냐!"

처용은 아무 말도 않은 채 고개를 떨어뜨렸다. 처용은 자신의 노래와 춤을 보고 흥거워하던 사람들을 떠올려 보았다.

그들은 평소 세수를 징수하는 관의 횡포에 찌들고 얼마 안 되는 양식을 털어가려 칼을 함부로 휘두르는 도적을 두려워했다. 그런 사람들이 춤과 노래를 하는 순간만큼은 시름을 잊었다는 걸 처용은 인상 깊게 여기고 있었다.

역정을 내었던 도천은 화를 가라앉히기 위해 심호흡을 깊이 한 뒤 처용에게 물러나라는 손짓을 했다. 밖으로 나온 처용은 품속에서 작은 피리를 꺼내더니 본존불을 모신 사당으로 달려갔다. 처용은 안치된 돌부처상 앞에서 피리를 불고 노래를 부르기 시작했다. 얼마 지나지 않아 지상사의 스님들이 모두 모여 처용의 춤과 노래를 보며 웅성대기 시작했다. 그중에는 뜻밖의 사람도 있었다.

"무슨 일이냐?"

그때까지 가까운 토굴 안에서 불경을 외며 일 년 동안 면벽 수도만 하던 지상사 큰스님 효병이 길게 자란 머리카락을 나부끼며 어느 사이엔가 나와 있었다. 효병은 그의 모습을 보고 놀란 스님들을 헤치고 천천히 앞으로 나서 처용의 노래와 춤을 한참 동안 바라보았다.

"허허 고 녀석 참! 전보다 더욱더 잘하는구나!"

효병이 박수까지 치며 웃자 옆에서 도천이 정색을 하며 효병을 만류했다.

"이보게 효병! 저놈을 두둔할 참인가! 요사이 매일같이 마을로 내려가 저 짓을 하며 사찰의 위신을 떨어트리니 엄히 다스려야 할 판에 말이야!"

효병이 웃기만 하자 도천이 엄히 말했다.

"심지어는 귀신들린 이와도 대화한다 하니 사람들을 현혹할까 두렵네. 어린 것이 문제가 크지 않은가!"

효병은 도천을 돌아보며 누런 이를 드러내며 머리를 긁었다.

"허허허! 그게 정말인가? 귀신들린 이와 대화하는 게 쉬운 일인가? 얘야! 처용아!"

효병은 도천의 말을 들은 척도 하지 않고 막 노래를 끝낸 처용을 불렀다. 처용은 쪼르르 달려와 효병에게 문안을 올렸다.

"예 효병 스님! 언제 나오셨습니까!"

"허허허 처용 이놈! 그동안 몰라보게 많이 컸구나! 내가 네놈의 노랫소리에 면벽 수도를 그만두고 밖으로 나왔느니라. 네 노랫소리에 갑자기 눈이 뜨였으니 참 희한한 일이로세! 허허허. 이보시게 목탁 좀 빌리세."

목탁을 받아든 효병은 처용에게 공손히 합장을 했다. 지상사의 스님들은 깜짝 놀라 효병을 바라보았다. 뒤이어 효병의 입에서 나온 말은 더욱 뜻밖이었다.

"건달바의 현신이시여. 소승 효병 감히 대결을 청하옵니다."

스님들은 효병의 말에 웅성거렸다. 한 스님이 효병을 비웃으며 큰 소리로 외쳤다.

"효병 스님! 면벽 수도라도 잘못한 것입니까?"

도천은 함부로 말을 하는 스님을 보고 인상을 써 주의를 시킨 후 효병에게 다가갔다.

"자네 뜬금없이 그게 무슨 말인가?"

"허허허! 이 아이의 재주를 더욱 끌어내 볼 터이니 보고 계시게!"

처용은 효병의 태도에 그저 어리둥절해 그를 멀뚱히 바라만 보았다.

"자, 건달바시여 마음 놓고 노래를 하소서."

처용은 효병의 태도가 낯설었지만 노래를 하라는 말만큼은 신나기 그지없었다. 처용은 오른손에 피리를 들고 왼손으로는 피리를 탁탁 치며 느릿한 노래를 시작했다.

    - 한 황제 색을 즐겨 경국지색 찾았으나
    - 여러 해가 지나도록 구할 수가 없었네…….

처용이 부른 것은 백거이의 시 장한가(長恨歌)였다. 처용의 노래가 시작되자 효병은 목탁을 치고 반야심경을 외면서 불협화음을 내기 시작했다.

    - 관자재보살 행심반야바라밀다시 조견 오온개공도 일체고액
    - 사리자 색불이공 공불이색 색즉시공 공즉시색 수상행식 역부여시

효병의 불경 외는 목소리는 매우 장중하고 위엄이 있어 곧 처용의 목소리가 묻힐 지경이었다. 그러자 처용은 목소리를 크게 높여 노래를 불렀다.

　　- 봄추위에 화청지 목욕함을 허락하니
　　- 온천물 부드럽게 매끄러운 몸을 씻네.

처용이 낯 뜨거운 가사를 크게 부르니 스님들은 이맛살을 찌푸렸지만 한편으로는 처용의 물 흐르듯 부드러운 노랫가락에 서서히 마음이 이끌려갔다. 효병은 목탁이 부서져라 치는 동시에 반야심경을 외며 무시무시할 정도의 큰 목소리로 불협화음을 넣었다.

　　- 무의식계 무무명 역무무명진 내지 무노사 역무노사진 무고집멸도
　　- 황금 방에 단장하고 교태로 밤 시중들고
　　- 무지역무득 이무소득고 보리살타의 반야바라밀다 고 심무가애
　　- 옥루 잔치 끝나면 봄기운에 취했네.

사방을 뒤덮을 것만 같았던 힘찬 효병의 염불 소리는 점점 이를 어르고 달래는 것 같은 처용의 목소리에 휘감기고 있었다. 그리고 서로 섞이지 않을 것만 같았던 두 목소리는 어느덧 절묘하게 섞였다. 이를 듣는 지상사 승려들은 장중하고도 경쾌한 두 목소리의 조합에 점점 취해 혼이 나갈 지경이었다. 두 박자와 가락은 용과 봉황이 만나 어

우러지듯 점점 소리를 높여 솟구쳐 올라갔다.

- 즉설주왈, 아제아제 바라아제 바라승아제 모지사바하
- 천지 영원하다 해도 다할 때가 있겠지만 이 슬픈 사랑의 한 끝일
   때가 없으리.

노래가 끝난 후 효병의 온몸은 땀으로 흠뻑 젖어 있었다. 반면 처용은 편안하게 눈을 감더니 소리 없이 활짝 웃었다.

"허허허 허허허허!"

효병은 크게 웃으며 처용의 눈앞에서 손을 들어 절 밖을 가리켰다.

"처용아! 너와 나는 더는 이 절에 있으면 안 되겠구나!"

"예? 스님!"

처용은 어리둥절해 하며 소리쳤지만 효병은 처용에게서 등을 돌리며 도천에게 말했다.

"이보게 도천, 난 지금 당장 이 아이를 데리고 장안으로 돌아갈 참이네. 주지 스님에게는 잘 말씀드려 주게나."

"뭐라? 이봐 효병!"

효병은 처용의 손을 잡고 절 밖으로 향하며 외쳤다.

"처용아! 나랑 함께 장안으로 돌아가 사람들과 더불어 노래해 보자꾸나! 허허허!"

처용은 효병의 밝은 얼굴을 보고서는 크게 외쳤다.

"지금처럼 마음껏 노래를 부를 수 있다면 기꺼이 스님을 따르겠습

니다!"

효병은 기쁜 표정으로 주위에 둘러선 스님들을 한번 본 뒤 힘차게 외쳤다.

"이 아이를 데리고 가겠네!"

효병이 처용을 데리고 당장 하산하겠다고 하자 스님들이 막아서며 만류했다.

"큰스님! 왜 이러십니까? 게다가 주지 스님 승낙도 없이 갑자기 이러시면 안 됩니다!"

"비켜라! 난 원래 속세 사람이 아니더냐?"

효병이 막무가내로 나가려 하자 도천이 앞장서서 다른 스님들을 진정시킨 후 효병에게 따졌다.

"그래, 자네야 원래 속가에서 귀의한 사람이니 미련을 잊지 못해 장안으로 다시 내려가겠다면 할 말은 없네. 하지만 왜 처용이를 데려가려 하나? 아 아이는 장안으로 데려가기에는 너무 어리네."

"아니야…… 아니야."

효병은 손을 내저었다.

"내가 면벽 수도를 하며 느낀 게 뭔지 아나? 그런 수도조차도 결국 부질없는 짓일 뿐이라는 거였어. 그런 생각을 잊기 위해 요 몇 달 동안 끊임없이 번뇌하다가 저 아이의 노래를 듣고 귀가 뜨였네! 이 아이는 이런 절간에 두고 키울 아이가 아니야! 장안에서 벼슬아치로 있었던 속세의 연을 살려 이 아이를 장안으로 데려가 이 좋은 노랫소리를 세상 사람들에게 알리는 게 내 일이라는 걸 깨달았어!"

효병의 열변에 몇몇 스님들이 동요를 보였지만 대부분은 효병이 뭔가 정신이 나간 게 아닌가 걱정했다. 효병이 완고하게 나오자 도천은 시간이라도 끌어볼 속셈으로 말했다.

"그래도 주지 스님에게 인사는 드려야 하지 않나? 주지 스님은 남쪽 암자로 내려가 계시네. 이틀 뒤면 돌아올 테니 그때까지만 좀 기다리게나."

효병은 콧방귀를 끼었다.

"나와 이 절과의 인연은 끝났네! 주지 스님도 충분히 이해할 것이니 이만 비키게나."

도천은 효병의 태도에 크게 실망해 소리를 질렀다.

"이어질 인연이라면 이런 식으로 해도 끊어지지 않습니다."

"맘대로 생각하게!"

효병은 처용의 손을 잡고서 유유히 지상사를 빠져나왔다.

4.

효병이 지상사를 떠나 처용을 데려간 곳은 자신의 집이었다. 무려 13년 만에 돌아오는 자신의 집 앞에서 효병은 힘차게 소리쳤다.

"게 아무도 없느냐!"

효병이 문을 두드리며 소리치자 늙은 하인이 문을 열어 효병을 한참 동안 아래위로 훑어보더니 깜짝 놀라 허둥대며 안으로 들어가 외쳤다.

"큰 주인님이 돌아오셨다! 어서 알려라!"

삽시간에 집 안에 있는 사람들이 모두 모였다. 심지어는 이제 걸음마를 뗀 어린 비복들까지 모조리 마당으로 나와 효병을 영접했다.

"형님! 그간 잘 지내셨습니까?"

효병의 아우 왕선이 나와 공손히 인사를 올리자 효병이 껄껄 웃으며 아우의 등을 토닥거려 주었다.

"아우야말로 내가 없는 사이에 잘 있었는가! 내 오랜 수도 생활을 마치고 이렇게 아우를 보니 참으로 반갑네. 허허허!"

효병과 왕선이 해후를 하는 동안 한 여인이 조심스럽게 다가와 다소 꼿꼿한 투로 허리를 살짝 숙여 인사를 했다. 바로 왕선의 처인 부용이었다.

"아주버님, 그간 무탈하셨는지요."

"허허! 그러고 보니 제수씨를 몰라봤네! 허허허."

"호호호! 저도 처음에 아주버님을 몰라뵈었답니다! 호호호."

그 와중에 처용은 부용의 웃음 속에서 눈초리가 힘껏 위로 솟구쳐 오르는 것을 보고서는 섬뜩해 했다. 이를 아는지 모르는지 효병은 여전히 웃으며 왕선의 어깨를 토닥였다.

그날부터 효병은 아침이면 처용을 데리고 장안 이곳저곳을 구경시켜 주었다. 장안에는 각지에서 몰려든 낯선 이방인들이 어딜 가도 넘쳐났다. 처용은 처음 보는 사람들을 손가락으로 가리키며 물었다.

"저 코 큰 이들은 어디서 온 사람입니까?"

효병은 웃으며 답했다.

"저들은 대식국(아라비아)이라는 곳에서 온 호인(胡人: 당시 당나라에서 서방의 이민족을 일컫던 말)들이란다."

"대식국? 그곳이 어디에 있는지요?"

효병은 잠시 침묵했다가 길게 심호흡을 하더니 단숨에 말을 내뱉었다.

"걸어서도 갈 수 있으나 그 길이 험하고 머니 배를 타고 간다면 장안을 떠나 저 멀리 남동쪽 광주로 가 배를 타고 둔문산과 구주석을 거쳐 상석을 돌아 참파국(지금의 베트남 중부와 남부에 있던 고대국가)에 다다르고, 참파국을 지나 부남국(지금의 캄보디아에 있던 고대국가)을 둘러 둘러 신가파 해협을 빠져나와 불서국(지금의 인도네시아 자바 섬)에 다다른 후, 보석이 땅바닥에 굴러다니는 사자국(스리랑카)에 들러 쉬고, 바라문과 발율국, 제율국 등(지금의 인도에 있던 나라들)의 천축 나라들을 거쳐 돌면 백일 만에 파사국(페르시아)과 대식국이 나오지!"

처용은 쏟아지는 효병의 말에 어리둥절하여 입을 딱 벌렸다.

"큰스님은 그런 곳들을 모두 가 보셨사옵니까?"

"그럼! 내 젊을 적 장사치를 따라 딱 한 번 먼 길을 나선 적이 있었지. 대식국에서 보화를 싣고 다시 되돌아와 신라로 가서 팔면 높은 시세로 이윤을 남길 수 있었단다."

처용은 고개를 들고 눈을 지그시 감은 채 생각했다.

'그런 곳에는 사람들이 어떤 음악을 즐기고 있을까! 넓은 세상을 떠돌아다니며 노래해 보고 싶구나.'

"처용아."

"예!"

효병의 부름에 처용은 눈을 번쩍 뜨고 그를 빤히 올려다보았다.

"난 네 재능을 키워주고 싶구나. 황실 악공으로 들어가 조금 더 공부하면 넌 필시 그 재능이 만개할 것이니라."

"황실 악공이요? 제가 그럼…… 황제 폐하 앞에서 노래한단 말입니까?"

"그렇지! 황실에서 악기를 연주하고 노래하며 가무를 하게 될 것인즉 세상 사람들이 네 재능을 우러러보게 될 것이니라."

처용은 고개를 세차게 흔들었다.

"한 곳에 갇혀 노래하는 것은 마음에 들지 않습니다. 전 많은 사람과 더불어 놀며 노래하고 싶습니다."

"허허허! 그 녀석 당돌하기는!"

효병은 크게 웃으며 처용의 머리를 쓰다듬었다. 처용은 여전히 불만스러운 얼굴로 땅바닥을 내려다보았다.

5.

집으로 온 다음 날, 효병이 처용을 데리고 간 곳은 황실 악부(樂府)였다. 효병은 그곳에서 음악에 빠졌을 무렵 친분이 있었던 왕실 악사 간룽을 찾아가 대뜸 말했다.

"이 아이를 가르쳐주게!"

황실 악사 간룽은 효병과 처용을 번갈아 보며 다소 정색을 하며 손을 내저었다.

"허허……. 오래간만에 오셔서 웬 아이를 가르치라니요. 황실 악부에서는 아이를 그렇게 따로 가르치지 않습니다."

효병은 그 정도는 이미 알고 있다며 머리를 끄덕였다.

"아니 따로 애써 가르칠 것도 없네. 이 아이를 일과 중에 악사와 함께 지내도록만 해주게나. 이 아이는 그렇게만 해도 알아서 배울 걸세."

효병은 그러면서 간룽의 손에 은병(銀甁: 당시 화폐로도 쓰였던 은으로 만든 작은 병) 하나를 쥐여 주었다.

"사정이 되는 대로 더 마련해 보겠네."

간룽은 잽싸게 은병을 집어 소매에 넣은 후 헛기침을 했다.

"뭐 쉽진 않겠지만 한번 맡아 보겠소이다."

"그럼 잘 부탁하네."

그날부터 처용은 효병의 집에서 자고 아침 일찍 황실 악부(樂府)로 나가 악공들이 악기를 다루는 모습을 눈과 귀로 익혔다.

"이 마른 나무뿌리와 같이 생긴 아이는 뭐요? 하하하!"

악공들은 처용을 보고 못났다며 놀려대기만 할 뿐 별반 염두에 두지 않았다. 한 악공이 이젠 못쓰게 되었다며 깨진 대금을 버리자 처용은 이를 주워 입에 가져다 대고 불었다. 하지만 아무런 소리도 나지 않았다. 악공들은 이런 처용을 보고 낄낄거리며 지나쳤다. 효병의 부탁을 받았던 간룽 역시 처용의 모습을 멀리서 한번 볼뿐 아무런 관심도 두지 않았다.

그리고 며칠이 지났다.

간릉은 악사들이 다 나가고 없는 빈방에서 울려 퍼지는 대금소리에 화들짝 놀라 방문을 열어젖혔다. 그곳에는 처용이 깨진 대금을 손으로 움켜쥔 채 불고 있었다.

"허! 대금 부는 법을 언제부터 알았더냐? 상당한 실력이구나!"

간릉의 칭찬에 처용은 아무렇지도 않다는 듯이 답했다.

"전에는 알지 못했으나 어르신들이 부는 것을 보고 따라 해보았습니다."

간릉은 그 말을 듣고 깜짝 놀라고 말았다. 그러면서 한편으로는 처용이 자신을 놀리는 말일지도 모른다는 생각이 들어 다그쳤다.

"이놈! 어른을 놀리면 못쓴단다. 왕진 어르신에게 대금을 배우지 않았느냐?"

"왕진 어르신이라니요? 큰스님을 말씀하시는 겁니까? 큰스님은 제게 악기를 가르치시지 않았습니다."

간릉은 의문도 생겼지만 호기심도 그에 못지않게 일었다.

"허허! 그럼 어디 이리 와서 나를 따라 해 보거라."

간릉은 대나무로 만든 가로 피리인 당적(唐笛)을 소매에서 꺼내어 길고 구슬픈 곡을 한참 동안 연주했다. 그리고선 처용에게 당적을 건네주었다.

"보고 배울 정도라면 이 정도는 금방 따라 할 거 아닌가? 한번 해 보아라."

처용은 망설임 없이 당적을 받아들고 방금 간릉이 불었던 곡을 연주했다. 피리에 불어넣는 숨결 하나하나까지 그대로 재현해 보이자 간릉은 놀라움을 금치 못하면서도 걱정이 되기 시작했다.

'저 아이는 얼마 지나지 않아 악부에 있는 모두를 능가하고 더 나아가 황제의 총애를 받게 될 것이 틀림없다. 데리고 있기에는 부담스러운 아이다.'

다음날 간릉은 효병을 만나 처용을 돌려보내며 말했다.

"우리가 제대로 가르치려 했지만 사정이 여의치 않습니다. 더구나 아이가 제멋대로인지라……. 은병은 나중에 돌려 드릴 터이니 다른 스승을 찾아보소서."

효병은 '허허' 웃은 뒤 손을 들어 정색했다.

"되었소! 은병은 그냥 가지시오!"

효병은 처용을 데리고 악부를 나섰다.

"미안하구나. 올바른 스승을 만나 가르쳐야 하는데 그저 큰 곳만 찾아 너를 맡겼구나. 소인배들의 말은 염두에 두지 말아라. 이대로 일단 집으로 돌아가 있어라. 내 얼마간 다녀올 곳이 있어 집을 비워야 하느니라."

그 말에 처용은 불안해졌다.

"어딜 간다는 것인지요?"

효병은 인상을 한참 동안 구기다가 힘없이 말했다.

"지상사에 몰래 다녀올 생각이다. 거기 놓아둔 불경이 있는데 장안에서는 도저히 구할 수 없는 물건이더구나."

처용은 일전에 효병이 지상사와의 인연은 끊어졌다며 큰소리를 치던 생각이 났다.

"스님! 저도 데려가 주세요!"

"안 된다! 넌 이곳에서 노래를 부르며 사람들과 어울려야 한다. 알겠느냐?"

그렇게 효병은 훌쩍 떠나가 버렸다.

6.

효병과 처용을 항상 못마땅하게 여기던 부용은 효병이 집을 비우자 다짜고짜 처용에게 지게부터 쥐여주었다.

"사지 멀쩡한 것이 아주버님만 믿고 허구한 날 놀고먹기만 할 것이냐! 당장 나가 나뭇가지라도 주워 오너라!"

처용은 자신의 키와 비슷한 지게를 진 채 말없이 산으로 올라가 나뭇가지를 주워 모았다. 음악 소리와 노랫소리가 그치지 않았던 악부에서 나와 인적 드문 산속에 있으니 처용은 마음이 울적해 이를 달래려 노래를 지어 불렀다.

- 내 나이 열 살 절에서 내려와

- 속세로 돌아온 큰스님 뜻에 노래를 배우네.

- 가끔 울리는 새소리 내 마음 적시니

- 차라리 저 새 되어 어디론가 가고 싶다네.

"참 잘 부른다!"

멀리서 큰 목소가 들려 처용은 깜짝 놀라 사방을 둘러보았다. 잠시 뒤 대나무 지팡이를 짚은 노인 하나가 천천히 다가와 처용을 보더니 싱긋 웃었다.

"얘야! 네 노래를 들으니 사연이 있는 듯하구나."

노인이 친절하게 말을 걸었기에 처용은 거리낌 없이 말했다.

"세상을 보여주고 노래를 가르쳐주신다던 큰스님이 저를 두고 어디론가 갔습니다."

노인은 '허허' 웃었다.

"노래를 하고 싶으냐?"

처용은 노인이 노래를 언급하자 금방 얼굴이 밝아져 크게 대답했다.

"네! 그렇게 해주실 수 있겠습니까?"

노인은 고개를 끄덕이고 처용의 머리를 쓰다듬으며 말했다.

"날 따라오면 노래도 마음껏 할 수 있고 맛난 것도 많이 먹을 수 있단다."

처용은 신이 나서 팔짝 뛰며 소리쳤다.

"그럼 잠시만 기다려 주시겠습니까? 집에 알리고 가야겠습니다."

노인은 처용의 손목을 잡으며 고개를 가로저었다.

"지금 당장 가자꾸나. 그런 건 사람을 보내 알려도 된단다."

"그래도 큰스님이……."

"여기서 그리 멀지 않다. 일단 날 따라오너라."

처용은 멀지 않다는 노인의 말에 일단 그를 따라갔다. 한 식경을 약간 넘게 걸었을까, 골짜기에 허름한 집이 하나 나왔다.

"종가야! 종가 있느냐?"

노인이 소리치자 시커먼 이에 검은 피부를 가진 꼽추가 나와 싯누런 눈을 번뜩거리며 처용을 쳐다보았다.

"탕을 가져오너라."

꼽추는 검은색이 도는 탕약이 담긴 사발을 가져왔다. 노인은 이를 처용에게 건넸다.

"목소리가 잘 나오는 약이니라. 꿀꺽 마셔라."

처용이 사발을 가져다 입에 대자 달콤한 기운이 입가에 감돌았다. 처용은 주저 없이 탕을 죽 들이켰다. 처용이 탕약을 마시는 걸 지켜본 노인은 처용을 등진 채 꼽추와 뭔가 한참 귓속말을 나누더니 처용에게 물었다.

"기분이 어떠냐?"

노인의 말에 처용은 눈을 동그랗게 뜨고 답했다.

"네? 뭐라 하셨습니까?"

순간 처용은 눈앞이 흐려지더니 정신을 까무룩 잃고 말았다.

처용이 정신을 차리고 눈을 떴을 땐 눈앞에 아무것도 보이지 않았다. 눅눅하고 어두운 곳에 입에는 재갈이 물리고 손과 발이 묶인 채였다. 처용이 몸을 움직이려 애를 쓰니 옆에서 가는 신음과 함께 물컹한 사람의 감촉이 느껴졌다.

"뭐요? 두당 200민(緡: 당나라 화폐단위)? 이 사람이 장난치나…….

300민은 줘야지!"

"요즘 100민이 어디 옛날 100민인가? 게다가 애들이 하나같이 말라깽이에 곧 죽을 것 같은 놈도 있는데 싸게 후려치는 건 결코 아니요! 300민은 너무 비싸! 220민을 주겠소. 그 이상 받겠다면 다른 사람을 알아보시오!"

"그럼 250민은 주시오!"

"거 참 그러면 아니 된데도!"

밖에서 옥신각신하는 소리가 그치고 문이 벌컥 열리며 횃불이 들어왔다. 처용이 주위를 보니 묶여 있는 아이가 여섯이나 더 있었다.

"가자 이놈들아!"

처용은 영문도 모른 채 억센 남자 손에 이끌려 강변에 놓여있는 배에 태워졌다. 처용을 태운 배는 강을 따라 끝없이 내려갔다.

중간에 아이들이 더해지기도 했고 몇몇은 팔려가기도 했다. 그렇게 열흘 동안 아이들은 열 명이 되었고 배에서 내린 그들은 모두 어느 노파에게 팔린 후 다시 뚱뚱한 자에게 팔렸다. 처용은 뒤늦게나마 자신이 속아 알 수 없는 곳으로 끌려가고 있다는 사실을 깨달았다. 잡혀 온 아이 중 몇몇은 도망을 치기도 했는데 도로 잡혀 오면 무자비한 구타를 당한 후 묶인 채 온종일 굶어야 했다.

오랫동안 처용은 이리저리 옮겨 다녔다. 고된 나날이었지만 처용에게는 좋은 점도 있었다. 가는 도중에 여러 노래를 들을 수 있었다. 처용은 들었던 수많은 시와 노래를 기억해 두었다. 처용이 납치된 아이들과 바다가 보이는 곳까지 왔을 때 그 수는 삼십 명에 달했다.

처용은 처음 보는 바다 풍경에 넋을 잃었다. 바다는 쓸쓸했다. 외롭고 거친 파도 소리가 처용을 부르는 것만 같았다.

'다시 큰스님을 못 보고 갈 바에야 저 바닷속으로 걸어 들어가고 싶구나!'

그런 감상은 덩치가 보통 장정의 두 배는 되어 보이는 괴인이 나타남과 동시에 깨졌다. 괴인은 아이들의 목덜미를 잡아 번갈아들어 올리고는 흔들어 보았다.

"이것들 죄다 빌빌거리니 가다가 죽을까 걱정이네."

아이들을 한 손에 하나씩 들고 무게를 가늠해 보던 괴인이 중얼거리자 옆에 서 있던 자가 답했다.

"그러니까 빨리 팔아야지……. 우리야 여기서 한 열 명쯤은 죽어 버려도 수지맞는 장사인데 뭘."

"옛날에는 밖에서 노예들을 잡아다가 장안에 팔았다는데 이젠 여기서 노예를 잡아다가 밖으로 파는 게 장사가 되니 세상 참! 허허."

처용은 노예라는 말에 온몸을 부르르 떨었다.

"열 명쯤 죽어도 상관없다면 나한테 한둘쯤 주면 안 될까? 구워 먹게 말이야."

괴인은 그렇게 말하더니 처용과 또 한 아이의 멱살을 한 손에 하나씩 잡고 들어 올렸다.

"얼마 살지도 못할 이런 말라깽이 놈들은 지금 좀 먹어 버려도 상관없잖아?"

조금 멀리 서 있던 자가 괴인에게 소리쳤다.

"그만두시게! 어르신의 물건이네."

괴인은 그 말에 조금의 망설임도 없이 두 아이를 내려놓고서는 입맛을 쩝쩝 다셨다. 너무나 놀란 처용은 숨조차 제대로 쉴 수 없을 지경이었다. 아이들은 다섯 명의 노예 상인들에게 인솔되어 배에 올라탔다.

처용은 얼마나 흘렀는지 알 수도 없는 날 동안 멀미에 시달렸다. 그럼에도 처용은 온종일 흔들리는 배 밑바닥에서 아이들을 위해 노래를 부르고 또 불렀다.

7.

몇 달 동안 이동한 처용이 다다른 곳은 장안에서 멀리 떨어진 등주였다.

장터에서는 알아듣지 못할 외국말도 자주 들렸다. 노예상인이 거느린 아이들은 장터 중심에서 벗어난 다소 외진 곳에 자리를 잡았다. 노예상인들은 아이들에게 찬밥 한 덩이씩을 먹인 후 죽 늘어서 있게 했다. 잠시 후, 형형색색의 비단옷을 차려입은 귀족들과 그의 하인들이 아이들을 보러 몰려왔다. 어느 정도 사람이 모이자 노예상인은 거래를 시작했다.

"자, 요놈으로 말씀드릴 거 같으면 다른 놈과는 달리 여기 등주에서 바로 싣고 온 팔팔한 놈입죠. 이빨 좀 보십시오!"

노예상인은 아이들의 입을 억지로 벌려 이를 사람들에게 보였다.

"자 가까이 와서 이놈 이빨을 보세요! 병도 없고 팔팔합니다."

처용은 다리가 후들거리면서도 억지로 버티며 사람들에게 팔려가는 아이들을 지켜보고 있었다. 먼저 노예 경매에 나온 아이들은 여자아이들과 비교적 건강한 남자아이들이었다. 그들은 제법 높은 가격에 팔려 나갔다. 경매가 계속되고 마지막으로 처용과 함께 남은 일곱 명의 아이들은 낮은 가격이 제시되었음에도 선뜻 사가려 하는 이들이 없었다. 해 저물 무렵에도 아이들이 팔리지 않자 노예 상인 중 하나가 우두머리에게 물었다.

"이놈들은 어떻게 합니까? 어르신이 오백 민 아래로는 팔지 말라고 하셨는데요."

"어떻게 하긴? 여기서 남쪽으로 멀리 돌아나가면 염전이 있다. 거기는 일손이 항상 부족하니 거기에 팔아 치워버리면 돼."

그 말에 아이 중 하나가 벌벌 떨며 똥을 싸기 시작했다. 노예 상인들은 인상을 쓰며 욕을 했고 아이들은 똥을 싼 아이에게서 비켜섰다. 다만 처용만은 그 아이에게 다가가 그를 안으며 길에서 들었던 노래 한 곡을 고요히 불렀다.

- 황하는 멀리 흰 구름 사이로 흐르고
- 한 조각 외로운 성은 만 길 높은 산 위에
- 낯선 피리는 왜 하필 원망하는 이별의 노래를 부르는가?
- 봄 햇살은 옥문관을 넘어오지 못하는데

"거기 노래 부른 아이를 오백 민에 사겠소!"

처용이 깜짝 놀라 보니 신라 귀족 소년이 하인 하나를 대동한 채 손을 들고 서 있었다. 노예상인 우두머리가 능글맞게 웃으며 답했다.

"공자님, 이 아이는 노래를 잘 불러 육백 민인댑죠. 헤헤."

귀족 소년은 서슴없이 육백 민을 던져주고서는 처용을 데리고 갔다. 처용은 자신을 사간 귀족 소년이 왠지 고마워서 연실 굽실거리며 인사를 했다.

"고맙습니다! 고맙습니다!"

귀족 소년은 당당하고 명랑한 태도로 자신을 소개했다.

"난 신라 서라벌에서 온 위홍이라고 한다. 네 이름은 무엇이냐?"

처용은 '신라'라는 곳을 조용히 마음속으로 되뇌며 자기소개를 했다.

"장안에서 온 처용이라고 합니다."

"네 노래가 마음에 드는구나. 어디서 배운 것이냐?"

"따로 배우지 않고 그저 오다가다 들은 노래는 반드시 외우거나 음이 생각나면 나름대로 내용을 붙여 불렀습니다!"

위홍은 껄껄 웃었다.

"그거 재미있구나! 나도 노래를 정말 좋아한단다. 게다가 난 이제 장안으로 가야 하느니라. 네가 장안에서 왔다니 좋구나! 장안으로 돌아가 나랑 친구로서 같이 노래하며 지내보지 않겠느냐?"

장안으로 돌아갈 수 있다는 말에 처용은 크게 기뻐하며 밝게 대답했다.

"그럼요! 제게 신라 노래를 가르쳐 주십시오."

"너는 내게 당나라 노래를 가르쳐 주려무나 하하하! 그리고 너와 난 이제부터 친구다! 처용아, 내게 편하게 말을 해라. 먼저 내 이름을 불러보겠느냐? 위홍이라고 불러 보아라. 어서!"

처용은 잠시 머뭇거리다가 위홍의 손을 꼭 잡으며 말했다.

"그래! 위홍아! 날 구해줘서 고마워! 내 평생 이 은혜를 잊지 않을게!"

위홍은 크게 웃으며 처용의 어깨를 토닥였다.

"신라에서는 날 죽이지 못해 안달 난 사람들이 많았단다. 심지어 날 사랑한다는 여인조차 나를 죽이려 했지."

처용은 이해가 안 되었다.

"어찌 사랑한다는 사람까지 공자님을 죽이려 했습니까?"

"어허……. 말을 놓으래도! 그건 말이다……."

위홍은 조금은 울먹이며 말했다.

"그 일은……. 내가 지켜주지 못했기에 그랬지. 그녀는 날 사랑했기에 원망했지만 난 그녀를 사랑하지는 않았단다."

처용은 두서없는 위홍의 말이 이해가 가지 않았지만 그의 슬픔만큼은 가슴에 전해져 왔다. 처용의 눈에는 눈물이 고였다.

"그런 일은 잊고 싶구나. 너와 함께 노래하며 잊고 싶구나."

위홍의 말에 처용은 눈물을 훔친 뒤 밝게 웃으며 이백의 시를 노래했다. 위홍도 이를 같이 부르며 둘은 손을 마주 잡았다.

2장

네 남자

1.

때는 당나라 희종 7년(서기 880년).

처용이 위홍을 따라 장안에 돌아온 지 팔 년이 흘렀다.

- 이리 오너라 달빛아 내게 안겨라 별빛아
- 우리는 장안의 제일 가는 귀공자!
- 금은보화 뿌려대며 노래하고 술 마시고
- 해어화(解語花: 말을 알아듣는 꽃, 주루의 기녀를 뜻함)야 해어
  화야 너의 향기 무엇이냐.
- 너의 허리 잘라내어 은호리병에 꽂아두리!

쌀쌀한 늦가을 바람이 부는 장안 큰 거리는 통행금지가 임박한 깊
은 밤인데도 여기저기 걸어둔 휘황찬란한 등불이 가득했다. 그 거리

를 강렬한 기운으로 채우는 이들이 있으니, 비단옷을 깔끔하게 차려입은 세 명의 남자들이었다. 그들의 이름은 각각 이원, 김위홍, 처용이었다. 손에 각기 공후, 향비파, 대금을 든 그들은 큰소리로 노래를 부르며 힘차게 걸어가고 있었다.

당나라 황제의 먼 친척인 이원은 몸체가 상아로 되어있고 비단실로 엮은 13개의 현이 있는 작은 공후를 들고 있었다. 이원은 금빛이 살짝 수놓아진 붉은 비단옷을 입고 소매를 휘이휘이 휘날리며 큰 동작으로 춤을 추며 걸어갔다.

신라 유학생 김위홍은 버드나무로 만들어진 술대로 켜는 5현 향비파를 들고 있었다. 위홍은 은빛 비단으로 소매와 옷섶을 마무리한 하얀 옷을 입고 있었다. 거기에 검은 두건을 삐딱하게 쓰고서 어깨를 살짝살짝 흔들고 단아하면서도 흥겨운 몸짓으로 덩실덩실 춤을 추면서 장단을 맞추며 걷고 있었다.

처용은 약간 뒤처져서 팔을 높이 든 채 천천히 춤을 추며 걷고 있었다. 팔년 전, 위홍을 따라 장안으로 돌아온 처용은 곧바로 효병을 찾으러 집으로 달려갔지만 부용은 쌀쌀맞게 처용을 대했다.

"네가 집에서 도망간 후 돌아온 아주버님은 널 찾으러 나가서 다시 돌아오지 않았다! 이런 배은망덕한 것! 아주버님이 얼마나 널 찾았는데 이제야 돌아오느냐!"

처용은 더는 효병의 행방을 찾을 길이 없었다. 그리고 효병은 장안에 다시 돌아오지 않았다.

위홍과 함께 생활하며 청년이 된 처용의 생김새는 훤칠한 미남인 이원과 위홍에 비해 못생긴 편이었다. 하지만 왠지 모르게 친근하고 서글서글한 외모를 가지고 있었다.

처용은 검은 얼굴과 넓은 이마에 짙은 눈썹, 우묵한 코에 앞으로 약간 나온 턱, 그리고 슬쩍 튀어나온 배를 하고선 하얀 이를 드러내며 항상 웃는 모습이었다. 인상이 특이하여 한번 본 사람도 처용의 얼굴을 잘 기억하곤 했다. 처용은 청색, 홍색, 황색, 흑색, 백색이 섞여 있는 알록달록 독특한 비단옷을 입고 머리는 풀어헤친 채 가끔 대금을 불어 흥을 돋우며 춤을 추었다.

그들이 가는 길에는 사람들이 더불어 어울려 다니며 흥겹게 어깨를 들썩였다. 그들이 튕기는 악기 소리는 사람들의 심금을 울렸고 그들의 청아한 목소리는 사람들의 귀를 즐겁게 했다. 곡조에 맞춰 덩실거리는 그들의 몸짓도 자못 절묘한 면이 있었다. 게다가 이원과 위홍은 워낙 장안에서 소문난 미남인지라 늦은 밤임에도 불구하고 넋을 놓고 그들을 바라보며 노골적으로 추파를 보내는 처녀들과 먼발치에서 슬며시 따라다니는 처녀들이 적지 않았다.

"거 통행금지도 가까워져 오는데 오늘은 이만 파하고 집으로 들어가지!"

얼큰하게 취한 위홍이 크게 소리치자 처용과 이원이 한입처럼 외쳤다.

"아 뭔 소리인가! 이제 시작이네!"

그 말에 위홍은 허리를 실룩거리며 희고 가지런한 이를 씩 드러내며 웃었다. 그런 위홍을 지나가는 처녀들이 힐끗 쳐다보고서는 수군

거리며 웃었다. 이원이 크게 소리를 쳤다.

"장안 밖은 난리라는데 장안은 평안하기만 하구나! 위홍! 정말 아는 곳이 없나?"

위홍은 사람들에게 들었던 주루 이름 하나를 기억해내고선 손바닥을 딱! 쳤다.

"그럼 내가 이끄는 곳으로 한번 들어가서 놀아보겠나?"

위홍이 활짝 웃으며 제의하자 이원이 크게 웃으며 답했다.

"오호! 이역만리 신라 유학생이 하라는 공부는 안 하고! 허구한 날 노는 곳만 알아보고 있나 보네! 하하!"

이원은 말을 마친 후 공후 줄을 튕기며 사방에 아름다운 선율을 흘려보냈다. 그 소리에는 뭇 사람들의 마음을 뒤흔드는 애틋한 느낌이 담겨 있었다.

"나도 소문만 들었다네! 향신각이란 주루가 요즘 그 이름이 높다더군."

처용이 크게 박수를 치며 반기며 소리쳤다.

"향신각이라! 저도 그 이름을 들은 바 있습니다! 그럼 거기 가서 한바탕 더 놀아볼까요?"

순간 이원의 공후 선율이 뚝 멈추었다.

"향신각? 거기는 나도 얘기를 들은 바 있지."

얕은 한숨을 쉬며 이원은 다시 말을 이었다.

"황실 친척 중에 이숙이라는 아무도 못 말리는 개망나니가 있네. 요사이 그자가 향신각에 죽치고 있다는 이야기가 있네만, 그자와는 되도록 마주치지 않았으면 싶네."

위홍이 크게 웃으며 이원의 어깨를 두들기며 말했다.

"아따! 그딴 놈이 뭐가 대수라고! 그자가 무슨 괴인 서동굉같이 사람을 찢어먹기라도 하는 자인가? 허허허! 이원 자네도 황실 사람 아닌가? 그자와 항렬로 따져보면 누가 위고 아래인가?"

이원은 찌푸린 인상을 억지로 밝게 펴 보았다.

"내가 한 항렬 위긴 하지. 어쨌건 얽혀서 전혀 좋을 게 없는 인간이야."

"그럼 뭐가 문제인가! 얽히는 게 싫어? 인간사는 얽히기 마련이야! 그렇게 다들 얽혀 보자고!"

위홍은 향비파를 손바닥으로 두들기며 즉흥적으로 이백의 시 구절을 응용해 노래를 불렀다.

- 둘러 둘러 둘러 길이여 얽힘 없어라.
- 그 길을 따라 만나는 이! 내가 노래하면 달은 춤추네! 덩실덩실
  춤추네!
- 그 길 멀어져 아득히 은하수를 두고 아스라이 멀어져도
- 만나기를 기약하세 술잔 속에 달빛을 담아두고 더불어 마셔보세!

노래에 맞추어 처용의 대금이 애처로운 곡조를 띄우며 울려 퍼졌다. 길에 멈춰 서서 이를 가만히 듣던 여인들은 감상에 젖어 가끔 눈물을 훔치기도 하였다. 이원, 위홍, 처용은 그렇게 장안의 밤거리를

지나 번화가 끝자락에 있는 향신각으로 발걸음을 옮겼다.

2

향신각으로 자리를 옮겨 앉은 이원, 위홍, 처용의 앞에는 금세 술과 음식이 차려졌고 여인들이 자리를 잡았다. 각자 한 명의 여인이 술 시중을 드는 처용과 위홍과는 달리 이원은 좌우 두 여인을 옆에 끼고 시중을 받았다. 그들의 시중을 드는 여인들은 머나먼 서역 출신으로 푸른 눈에 갈색 머리카락이었다. 새하얀 피부에 오뚝한 콧날, 청아한 눈매를 한 이들을 두고 장안에서는 호희(胡姬: 당나라에 있는 페르시아 계통 서역 여인을 뜻하는 말)라고 불렀다. 당나라 시인 이백은 호희를 두고 이렇게 읊기도 했다.

- 오릉의 공자(황족을 뜻함)가 금시(金市 : 장안)의 동쪽을
- 은 안장 백마에 얹고 봄바람에 건너간다.
- 낙화 두루 밟고서 어디고 놀러 가나?
- 호희의 술집으로 웃으면서 들어가네!

이원은 술잔을 기울인 후 이백의 시를 노래하더니 별안간 투덜거리기 시작했다.

"어디 호희가 여기만 있는가? 여기가 향신각이라는 이름을 지니고 있다고 하나 여인네들 몸에서 나는 향내야 다른 곳과 다를 바 없고!"

위홍이 살짝 이죽이며 쏘아붙였다.

"허! 자네 코가 막힌 모양이군!"

"음식이 특이하게 맛이 나는 것도 아니요!"

"자네 혀가 잘렸나?"

위홍은 이원의 불평에 연실 깐죽거리며 토를 달았다.

"아, 술이 향기로운 것도 아니한데! 뭐가 그리 유명하다는 말인가?"

그 말에 위홍은 머쓱해 하며 이원의 술잔에 직접 술을 채워준 후 말했다.

"사실 이곳이 유명한 건 술맛이나 음식 때문이 아니네. 나도 들은 얘기네만 여기에 대단한 미인이 있다고 하네. 그런데 그 여인이 여기 나오지는 않은 모양이군!"

"여인? 허허허허허."

처용이 입을 있는 대로 벌리며 크게 웃었다. 너무 크게 웃는 처용을 위홍은 놀려 대었다.

"크하하하하! 여인이라 하니 이 친구 너무 철없이 좋아하는구먼! 하긴 자네는 아직 여인네 손조차 못 잡아봤으니 허허허!"

그 말에 처용은 더욱 크게 웃었다. 같이 웃던 위홍은 갑자기 정색하며 말소리를 낮추었다.

"그런데! 나도 들은 얘기네만 확인하고 싶은 게 있다네."

"그게 뭔가?"

"그 여인에게는 큰 흠이 하나 있다 하네……."

이원과 처용은 궁금함을 즐기며 다그쳐 묻지 않고 위홍의 말을 기다렸다. 위홍은 더는 뜸을 들이지 않고 말을 이었다.

"그 여인은 바로 포사와도 같은 여인일세!"

"포사? 어허!"

그들이 말하는 포사는 당나라로부터 일천 오백여 년 전인 주나라 때 후궁에서 황후가 된 인물이었다. 주나라 유왕의 각별한 총애에도 불구하고 포사는 웃음이 없었다. 유왕은 그러한 포사를 즐겁게 해주기 위해 갖은 수를 다하였지만 소용이 없었다. 그러던 중 유왕은 우연히 비단이 찢어지는 소리에 포사가 아주 살짝 웃음을 짓는다는 사실을 알게 되었다. 유왕은 시녀들을 모아 비단 찢는 소리를 포사에게 들려주었다. 그러나 실룩 웃는 것도 잠시, 곧 포사는 비단 찢는 소리에 아무런 반응을 보이지 않았다.

어느 날, 우연한 실수로 봉화가 올라가는 일이 발생했다. 외적이 침입했다고 여긴 제후들은 군사들을 이끌고 주나라의 수도 호경으로 몰려들었다가 맥이 풀려 돌아가고 말았다. 그 모습을 본 포사는 크게 웃었다. 포사가 웃자 유왕은 매우 기뻐했다. 이후로 유왕은 수시로 봉화를 허위로 올려 맥이 풀려 돌아가는 제후들의 모습을 포사에게 보인 후 포사가 웃는 모습을 보며 흐뭇해했다. 결국, 실제로 북쪽 견융족이 주나라의 수도 호경으로 침입했을 때는 봉화를 올렸음에도 황궁을 구하러 오는 제후가 아무도 없었다. 유왕은 살해당하고 포사는 견융족에게 납치되어 그 후로 생사를 알 수 없었다.

"거, 나라를 망하게 한 포사에 비유된다면 문제가 있는 게 아닙니까? 하하하."

처용의 말에 이원이 손을 흔들며 정색을 했다.

"포사가 뭔 죄가 있겠는가! 어리석은 유왕이 문제인 것을! 하하하! 하여간 포사 같은 여인이라면 웃음이 없는 미인이라는 말이군!"

위홍이 호탕하게 웃으며 고개를 끄덕였다.

"그렇다네! 내가 그대들을 데리고 여기 온 것은 오늘 밤만큼은 모두 어리석은 유왕이 되어 그 포사의 입가에 웃음을 돌게 하자는 걸세!"

"그래?"

"그거 재미있겠군요!"

이원은 박수를 쳐 향신각의 종업원을 불렀다.

"어이! 귀한 손님들이 왔는데 어찌 대접이 이러한가! 여기 있다는 포사를 불러주게!"

종업원은 머리를 긁적이며 되물었다.

"포사라니요? 누굴 말씀하시는 건지……."

"여기 웃지 않는 미인이 있지 않은가?"

"아! 마희 말씀이군요! 하오나 지금 손님들의 시중은 다른 미녀들이 들어주고 있지 않사옵니까?"

"누가 그걸 모르나? 마희를 불러! 다른 애들은 필요 없네! 우리는 마희가 당장 필요하네."

이원은 슬며시 종업원에게 동화 다섯 닢을 건네며 눈을 찡긋거렸다. 평소 같으면 그런 돈은 냉큼 챙길 종업원이었지만 그는 떨떠름한 표정으로 동전을 손에 쥔 채 말했다.

"저, 공자님 죄송하오나 지금 당장 마희는 부를 수 없습니다. 황실 어르신께서 마희를 데리고 계시어서……."

"어허! 여기도 황실 어르신이 계시네!"

위홍이 냉큼 나서더니 이원의 옷섶을 뒤집어 황실의 상징인 옥패를 보여주었다. 위홍의 손에 의해 마지못해 옥패를 보여준 이원은 잠깐 떨떠름한 표정을 지었지만 마음을 다시 먹고서는 씩 웃으며 큰소리를 쳤다.

"그래! 나야말로 황실의 큰 어른인데 어찌 네놈이 내 말을 거역하느냐!"

종업원은 곤란하다는 표정을 짓고 망설이더니 이내 굽실거리며 말했다.

"네네, 가서 데리고 옵죠. 잠시만 기다리십시오."

종업원이 가자 이원은 안에 있던 여자들을 급히 다 내보낸 후 위홍의 옆구리를 쿡 찌르며 말했다.

"자네! 왜 그랬는가?"

"아니 뭐 내가 틀린 소리 했는가?"

"아까 내가 말하지 않았는가. 여기 있는 황실 인척 이숙은 천하의 개망나니라고! 그자와 나는 두어 번 마주친 것이 다인데 그때마다 그자는 항상 무뢰배들을 이끌고 다녔네! 그러니 지금이라도 빨리 여기를 빠져나가는 게 좋을 것이야!"

"하하하 무뢰배면 어떻습니까? 그 무뢰배들이 온순해지도록 제 대금소리를 들려주고 싶습니다!"

처용이 호탕하게 웃으며 대금을 꺼내 들더니 경쾌하고 웅장한 곡을 연주하기 시작했다. 연주가 무르익을 무렵, 옆방에서 대금연주에 맞추어 청아한 목소리가 울려 퍼지기 시작했다.

- 머리를 숙이며 어깨를 굽실거리니
- 머리 위 상투만 뾰족하게 보이는구려!
- 노랫소리 들리며 크게 웃음을 짓니
- 저녁에 매단 깃발 밤새도록 흔들리네!

노래가 끝나자 처용은 대금연주를 멈추고 기분이 좋은지 껄껄 웃었다. 옆에서 위홍이 크게 소리쳤다.

"정말 노랫소리가 좋구려! 어떤 분이신지 술 한 잔 대접하고 싶소이다! 이리 와 주실 수 있겠소이까?"

맞은편에서도 웃음소리로 화답 후 대답이 왔다.

"너무도 좋은 대금소리에 그만 무례를 범했습니다."

이윽고 문을 열고 들어온 사내는 유건(儒巾)을 단정하게 쓴 채 청색 옷을 단아하게 차려입은 하얀 얼굴의 나이 어린 선비였다. 위홍은 그 선비를 보자마자 깜짝 놀라 소리쳤다.

"목소리만 듣고 설마 했네! 아니 자네를 이런 주루에서 볼 줄이야!"

위홍의 호들갑에도 선비는 표정 하나 변하지 않고 공손히 읍을 한 후 이원과 처용에게 자신을 소개했다.

"실례가 많았습니다. 소생은 최치원이라 하옵니다."

이름을 듣자 이원은 매우 놀라 반색을 하며 최치원을 반겼다.

"아니 신라에서 온 명문장가인 고운(최치원의 자)께서 어찌 이곳을! 이거 영광이로고 허허허."

이원은 크게 웃으며 술을 한 잔 가득히 따라서 최치원에게 건네었다. 최치원은 술을 한 잔 죽 들이켠 후 은은하고도 느긋한 말투로 답했다.

"황족 중 한 분이 사적인 일로 저를 이곳으로 불러내었습니다. 허나 장안 밖은 연일 난리로 몸살인데 뜬구름 잡는 얘기와 향락으로 헛되이 시간만 지체하는 것이 마음에 들지 않아 이곳을 뜨려다가 통행금지 시각이 다 되어 나가지 못하고 저쪽 방에 누워 뜬눈으로 있다가 대금소리가 너무나 좋아 결례를 범했습니다."

이원이 손사래를 치며 크게 웃었다.

"결례라니요! 별말씀을 다 하십니다! 대금소리에 녹아드는 목소리도 멋들어진데다가 너무나 멋진 시가였습니다! 하하하!"

그때 문밖에서 질그릇 깨지는 것 같은 목소리가 쩌렁쩌렁 울려 퍼졌다.

"대체 어떤 놈들이기에 함부로 끼어들어 마희를 내 곁에서 떼어놓으려 하는가! 어디 낯짝이나 좀 보자!"

3.

소리를 지르고 방문을 냅다 걷어차며 들어선 이는 구불구불한 수염에 손가락 마디마다 금반지와 옥반지를 잔뜩 낀 황족 이숙이었다. 그의 뒤에는 장안에서 제일 가는 협객이라는 고공도와 울긋불긋한 옷을 걸친 광대 세 명이 서 있었다. 최치원은 여전히 차분한 표정이었고 처용은 '허허허' 웃음을 지었다. 위홍은 순간적으로 긴장한 모습이 역력했고 이원은 억지로 태연한 척 옷섶을 걷어 옥패를 일부로 보이게 한 후 큰소리를 쳤다.

"그, 그러는 너희는 어떤 놈들이냐?"

"뭐? 허허허⋯⋯. 요놈 봐라? 옥패를 보아하니⋯⋯ 황실에 너 같은 놈도 있었냐?"

이숙의 험상궂은 얼굴과 위협적인 태도에 이원은 말을 더듬으면서도 눈을 부라리며 더욱더 큰소리를 쳤다.

"요, 요놈이라니! 넌 대체 항렬이 어찌 되느냐!"

항렬이 나오자 이숙의 태도가 약간은 누그러들었다. 하지만 여전히 이숙의 기세는 등등했다.

"여기서 시중드는 호희로 만족하면 될 것이지, 내 시중을 먼저 들고 있는 여인을 도중에 가로채려 하다니! 이게 대체 어디서 배운 짓거리인가?"

힘으로만 밀어붙일 것 같았던 이숙이 뜻밖에 시시비비를 올바르게 가려 얘기하자 이원은 순간적으로 말문이 막히고 말았다. 이원이 금방 입을 열지 못하자 위홍이 재빨리 끼어들어서 말했다.

"여기에 있는 마회가 빼어난 미모에도 불구하고 도통 웃지 않는다는 소문을 들었습니다. 그래서 저희가 재주를 다해 웃겨 보려 불렀는데 하필 공자님의 시중을 들고 있는 줄은 몰랐나이다."

이숙은 그 말에 콧방귀를 뀌다가 옆에 서 있는 최치원을 보고 물었다.

"고운께서는 집에 가신다더니 어찌 이런 자들과 함께 있는 것이오? 그런데 이 자의 말이 맞긴 한 거요?"

최치원은 웃음을 띠며 조용히 고개를 끄덕였다. 위홍이 그 틈을 놓치지 않고 이숙을 몰아쳤다.

"공자께서는 마회의 웃음을 본 적이 있소이까?"

"흠!"

이숙은 불쾌한 기색을 보이며 뒤에 서 있는 광대들에게 책임을 묻는 양 노려보았다. 그들은 면목이 없다는 듯 머리를 폭 숙였다. 이숙은 고개를 휙 돌려 이번에는 위홍을 노려보며 물었다.

"그럼 너희도 역시 마회의 웃음을 보기 위해 여기 온 것이냐?"

"그렇습니다."

"허허 참!"

이숙은 수염을 한번 스윽 쓰다듬은 후 피식 웃었다.

"너희에게 마회를 웃길 수 있는 재주가 있긴 한 거냐?"

"재주는 부족하오나 저희가 혹시 마회의 웃음을 공자에게 보일 수 있다면 그 또한 좋은 일이 아니겠습니까?"

이숙은 잠시 생각하다가 호탕하게 웃으며 손뼉을 '딱' 쳤다.

"좋다! 너희가 내게 결례를 했지만 그 일은 눈감아 주마! 단, 가진

재주를 모조리 펼쳐 마희를 웃겨 보아라! 이봐 고공도! 마희를 데려
와라."

잠시 후 고공도와 함께 온 마희를 본 이원, 위홍, 처용은 깜짝 놀라
고 말았다. 특히 이원은 자리에서 굴러떨어질 뻔까지 했고 위홍은 얼
굴이 완전히 굳어 보일 지경이었다. 처용은 그들이 그렇게까지 놀라
는 게 이해가 가지 않았지만, 마찬가지로 마희의 미모에 홀려 아무
말도 할 수 없었다.

마희는 큰 키에 풍성한 옷으로도 가릴 수 없는 풍만한 가슴과 잘
록한 허리, 넓은 골반을 가진 호리병 같은 몸매를 하고 있었다. 치마
사이로 보이는 긴 맨다리는 남자들의 숨을 순간 멎게 하였다.

마희는 이원을 보고는 깜짝 놀라 몸이 굳었다. 이원은 마희의 미모
에 홀려 멍한 표정이었다. 그 모습을 본 마희의 얼굴은 무섭게 굳어
졌다. 다음으로 마희는 위홍을 바라보았다. 위홍은 무표정한 표정이
었다. 마희의 입가가 약간 실룩이더니 처용, 최치원을 눈가로 훑고 지
나가며 중얼거렸다.

"반드시 사랑해야 할 사람이 하나 있고, 죽여야 할 사람이 둘 있습
니다."

마희는 마치 시를 읊는 것만 같았다. 위홍의 눈시울은 왠지 약간
붉어져 있었다. 이원이 혀를 끌끌 차며 손을 내저으며 소리쳤다.

"허! 웃기만 하면 여지없는 천하절색인 것을! 왜 저리 안색이 어두
울꼬!"

여전히 위홍은 굳은 표정으로 마희의 얼굴에서 눈을 떼지 못했다.

처용은 온화한 표정으로 '허허허' 웃음을 지으며 마회를 바라보았다. 마회는 빼어난 미모에도 불구하고 웃음기 없는 굳은 눈초리와 입술이 왠지 꺼림칙한 분위기를 자아내고 있었다. 이숙은 '흥!' 코웃음을 쳤다.

"내 이년의 웃는 모습을 보고자 장안 제일의 광대들을 데려와 배를 잡고 뒹굴어도 시원치 않을 정도로 질펀하게 놀아주었건만 대체 웃지를 않는구나! 너희가 어떻게든 한번 웃겨 보아라! 내 그럼 큰 상을 내릴 것이니라."

이원이 손뼉을 치며 큰 웃음으로 그에 화답했다.

"그 제안이야말로 이 밤의 유희로 딱 좋겠네! 여봐라! 마당을 좀 치워 자리를 만들어 보거라! 노래를 부르고 춤을 출 무대를 만들어라!"

4.

마당에 마련된 의자와 평상에는 이숙이 주루에 있는 기녀를 모조리 불러내어 놓고 술을 마시며 앉아 있었다. 무대가 가장 잘 보이는 중앙에는 마회가 차려진 과일을 오물오물 먹으며 굳은 표정으로 앉아 있었다. 천으로 가려진 임시 무대 주변에는 이원과 위홍이 어색하게 서 있었다. 작은 북을 든 최치원은 킥킥 웃으며 안을 들여다보고 말했다.

"처용 님 모습부터 너무 재미있어서 뒷분들이 준비한 것을 할 기회가 없겠습니다."

안쪽에서 처용의 목소리가 울렸다.

"하하하. 다 되었습니다! 이제 장막을 걷어 주소서! 마희가 웃는 화
사한 모습을 우리 모두 볼 수 있게 해보겠습니다!"

장막 앞에 선 최치원이 흥겹게 북을 치기 시작했다. 마침내 장막이
쫙! 하고 걷히자마자 사람들은 웃음을 참을 수 없었다. 무대에 오른
처용의 모습은 기괴하고도 우스꽝스럽기 그지없었다. 길러놓은 수염
은 배배 꼬아 놓았고 머리에는 기다란 옥비녀를 꽂았으며 얼굴에는
분을 바른 채 자줏빛 여자 옷을 입고 덩실덩실 춤을 추었다. 그 모
습을 본 사람들이 배를 잡고 웃었다. 처용은 웃지 않고 뻔뻔스러우
리만치 태연하게 춤을 추기 시작했다. 처용은 최치원의 북소리에 맞
추어 느릿느릿 춤을 추다가 노래를 시작했다.

  - 보시오 보시오 저기 님 보시오.
  - 날 두고 가는 임 잠깐만 보시오.
  - 가실 때 가시더라도 두고 갈 것이 있사오니
  - 묵은 슬픔 꼭꼭 감아 내게 두시고
  - 노여움 가득 담아 내게 쏟아 버리시고
  - 기쁨과 즐거움만 거두어 가옵소서.

노랫가락이 덧붙여지자 사람들의 웃음소리는 더욱 커졌지만 마희
만큼은 아무런 표정이 없었다. 마희의 무반응에 처용은 마희의 앞까

지 다가가 온몸을 흔들며 코까지 벌름거려 보았지만 마희의 표정은 여전히 변화가 없었다. 이숙은 고개를 가로젓더니 소매를 탁! 떨치고 서서 외쳤다.

"그만하게! 마희가 웃지 않네!"

처용은 들어가면서까지 덩실덩실거리며 춤을 추어 사람들을 웃겼지만 마희만큼은 끝내 웃게 하지 못했다. 마희의 태도를 지켜보던 이원은 적잖이 당황해했다.

"아니 저 정도에도 웃지 않는다니 대체 저 여자는 진짜 웃을 줄이나 아는 것인가?"

"그러니 쉽지 않은 내기이지 않겠는가? 아이고 이거 큰일이로군! 우리 중에는 처용이 제일 재미있지 않은가!"

처용은 웃으며 고개를 흔들었다.

"저야 천박한 웃음밖에는 못 주지만 공자님이 나가면 격이 달라질 것입니다. 어서 나서소서."

위홍은 처용의 격려에 힘입어 향비파를 연주하며 무대 위로 올라갔다. 위홍의 향비파 소리에 웃음 가득했던 좌중은 고요해지기 시작했다. 위홍은 눈을 감고 술대를 움직여 향비파를 연주하면서 그 소리에 맞추어 조용히 읊조렸다.

"역적 안녹산의 난 이후로 장안 모든 게 예전만 못하고 부족하다지만! 그래도 오직 하나 더 많아진 게 있으니! 장안 귀한 물건 찾아 헤매는 회회(回回: 보통 위구르인을 뜻하나 당시에는 이슬람교를 믿는 이들을 통칭하기도 함)라! 이 회회 어느 집 앞마당을 지나다가 나무에 걸린 너덜너

덜한 속곳을 보더니 이보시오~ 이보시오~"

위홍이 긴 천을 회회 사람처럼 머리에 칭칭 두르더니 무릎을 떨고 몸을 돌려 춤을 추며 '이보시오~'를 외치자 좌중 사람들은 웃음을 터트리기 시작했다. 마희는 여전히 웃음을 짓지 않았다.

"어이! 이 속곳을 은 오백 냥에 파시오!라고 회회아비가 말하니 그 속곳 주인 여자가 좋아라! 춤을 추네!"

위홍은 기뻐서 치마를 들쳐 올리며 덩실덩실 춤을 추는 아낙처럼 다리를 보이고 옷을 걷어 올리면서 몸을 흔들었다. 사람들의 웃음소리가 더욱 요란해졌다.

"은자가 부족하니 더 마련해서 내일 오겠다며 회회아비 간 사이! 이 여인 속곳을 보니 출산할 때 피가 묻어 지저분하지 뭔가! 그래서 깨끗이 빨아 다음날 내놓았더니 이 회회아비 '에이 필요 없소! 모처럼의 보물이 씻겨 나갔지 않소! 이러지 뭔가?"

그 말을 하는 위홍의 어이없다는 표정이 너무 웃겨서인지 아니면 분위기를 맞추기 위함이었는지는 몰라도 이숙이 데려온 광대는 배를 잡고 바닥에 뒹굴면서 웃었다.

"그 여인 이렇게 외치며 온 동네를 다녔다지? 잘하려다 빨아서 망쳐 버렸네! 잘하려다 빨아서 망쳐 버렸네! 빨고 빨고 이리 빨고 요리 빨고 조리 빨고 아이고 뭘 빨았나! 에구구!"

사람들의 웃음이 와자했지만 마희의 표정은 전혀 변함이 없었다. 마희의 얼굴에서 오히려 뭔가 더 화가 난 것 같은 표정마저 엿보이자 위홍은 '잘하려다 빨아서 망쳐 버렸네!'란 말을 반복하며 무대에서 물러났다. 그런 위홍에게 마희가 날카롭게 소리쳤다.

"잘하려고나 하셨습니까!"

위홍은 시뻘겋게 달아오른 얼굴을 보이지 않으려 고개를 숙였다.

"허 이런! 이거 나까지 차례가 오고 말았군!"

이원은 쓸쓸히 웃으며 다소 자신 없는 태도로 공후를 들고 천천히 무대 위로 올라갔다. 이원은 공후를 연주하며 마희 앞으로 다가가 부드러운 목소리로 노래를 불렀다.

- 공주님 공주님 우리 공주님
- 도도하신 공주님 밤마다
- 남몰래 몰래몰래 문을 걸지 않으시네.
- 왜 그럴까 공주님 밤에 몰래 뉘 불러 안을까.

큰 웃음은 아니었지만 사람들의 입가에 미소를 짓게 하는 노래였다. 위홍이 그 노래를 듣고선 씩 웃었다.

"내가 가르쳐 주었던 신라 노래를 고쳐 부르는구면."

이원의 재미있는 노래와 공후 소리에도 마희의 표정에는 아무런 변화가 없었다. 오히려 마희는 이원을 쏘아보더니 소리쳤다.

"당신으로 인해 문을 걸어 잠그고 자고 있소!"

이원은 보는 사람이 무안해할 정도로 당혹해하며 서둘러 자리를 피했다. 보다 못한 이숙이 '에이!' 하며 소리를 지르자 음악은 뚝 끊겼고 분위기는 썰렁해지고 말았다. 그러자 이숙 가까이에 있던 고공도가 나섰다.

"황숙 어르신, 괜찮으시다면 제가 나가 보겠습니다."

고공도가 일어나며 무대로 나가려 하자 이숙은 버럭 소리를 질렀다.

"그만두어라! 넌 아까 내가 봐도 재미가 없던데 어찌 마희를 웃게 한단 말이냐?"

그러나 고공도는 이숙의 말을 듣지 않고 무대 위로 올라섰다. 자신의 말을 듣지 않는 고공도에게 화가 난 이숙은 무대 위로 뛰어올라 사정없이 고공도의 허리를 걷어찼다. 그 바람에 고공도는 무대에서 굴러떨어졌고 동시에 허리를 부여잡으며 고통스러운 표정과 함께 뒹굴고 말았다.

"으윽!"

고공도가 짧은 신음을 지르자 묘한 웃음소리가 울려 퍼지기 시작했다.

"큭큭큭……."

그 목소리는 뜻밖에도 마희의 웃음소리였다. 이숙은 귀가 번쩍 뜨여 마희를 놀랜 눈으로 바라보았다.

"거…… 거 보아라! 그렇게 웃으니 정말 천하절색이 아니냐!"

이숙은 크게 좋아하며 무대에서 내려가 허리를 잡고 쓰러져 있는 고공도의 따귀를 '짝!' 올려붙였다. 고공도의 표정이 더욱 일그러지자 마희의 웃음보가 터지기 시작했다.

"호호호호호 하하하하하!"

"허! 너 이런 걸 좋아했구나! 으하하하하하!"

이숙은 고공도의 뺨을 더욱 세게 때렸다. 입안이 터진 고공도는 피를 토해내었다. 그러자 마희는 아예 자지러지며 웃었다.

"호호호호호 으하하하하하하."

그에 맞추어 이숙은 정신없이 고공도의 뺨을 후려갈겼다. 고공도는 충분히 피할 수 있음에도 불구하고 상대가 황족이다 보니 어쩔 수 없이 뺨을 얻어맞으며 인상을 구기고만 있었다. 위홍과 이원은 어찌 말릴 경황도 없이 그 광경을 그저 안타깝게 바라만 보았다. 그때였다.

"그만하시오!"

뒤로 물러나 있었던 처용이 크게 소리를 지르더니 무대로 올라와 소리를 질렀다. 이숙이 잠시 멈칫거리는 사이 처용은 무대 앞에 앉은 마희에게로 뛰어가 그녀의 뺨을 힘껏 후려갈겼다.

"아악!"

마희는 뺨을 움켜잡은 채 허리를 숙였고 놀란 이숙은 단걸음에 달려가 처용의 멱살을 잡았다.

"네 이놈! 이게 무슨 짓이냐!"

처용은 배를 쑤욱 내밀어 이숙을 가볍게 밀어내었다. 그 바람에 이숙은 뒤로 주춤거리다가 엉덩방아를 찧고 말았다. 처용은 고개를 숙인 마희와 이숙을 내려다보며 말했다.

"남의 아픔을 가지고 웃음을 짓는다면 어찌 그것이 웃음이라고 할 수 있겠습니까?"

이숙이 부들부들 떨며 고공도에게 소리쳤다.

"공도! 저놈을 잡아 흠씬 두들겨 패 주어라!"

이숙의 명령에도 불구하고 고공도는 입가에 묻은 피를 닦으며 천천히 일어나 말없이 자리를 떴다. 이숙은 화가 머리끝까지 나 소리쳤다.

"네 이놈 공도야! 어딜 가느냐!"

이숙이 고공도에게 달려가려 하자 위홍이 소리쳤다.

"이번 일은 황숙께서 너무하셨소!"

이숙이 주위를 둘러보니 모두가 이숙을 좋지 않은 눈길로 쏘아보고 있었다. 이숙은 고공도 하나를 의지하고 온 터라 그가 없자 천천히 소매를 툭툭 털고선 점잔을 빼며 물러섰다.

"오늘은 마희의 웃음을 봤으니 이만 모든 걸 용서해 주겠다."

처용은 씩 웃으며 고개를 숙인 마희의 머리를 두 손으로 살며시 일으켜 세웠다. 마희의 표정은 일그러져 있었다.

"그대는 웃기 전에 먼저 우는 법부터 배우시오."

마희는 일그러진 표정을 추스르며 처용에게 쏘아붙였다.

"그대가 뭘 알기에 함부로 그런 소리를 하시오?"

처용은 이글거리는 마희의 눈을 바라보다가 웃음을 지었다.

"함부로 말을 한 건 미안하외다. 그러니 내 그대에게 사죄의 뜻으로 춤을 보여 드리지요."

처용은 마희 앞에서 덩실덩실 춤을 추었다. 마희는 처용의 춤에 잠시 어처구니없다는 듯 눈살을 찌푸렸다. 처용의 춤은 앞으로 가는 것 같다가 뒤로 가고 좌로 가는 것 같다가 우로 가는 등 점점 현란해지기 시작했다. 그러면서도 그의 춤에서는 기품이 느껴졌고 마음을 편안하게 만드는 매력이 녹아 있었다. 마희는 어느 사이엔가 그의 춤

사위에 빠져들고 말았다.

"춤 하나는 정말 잘 추는군요!"

마희의 말에 처용은 크게 웃으며 소리쳤다.

"아까 내 노래는 마음에 들지 않았소?"

그 순간, 마희의 입가에 희미한 미소가 스쳐 지나갔다.

때아닌 야밤의 작은 축제는 서서히 끝나가고 있었다.

5.
다음날.

최치원, 이원, 위홍, 처용, 고공도는 장안의 한 기정(旗亭: 밖에 깃발을 걸어둔 고급술집)에 모여 술을 마시며 전날 일에 대해 유쾌하게 얘기를 나누었다.

"거 어제 일은 아무리 생각해 보아도 속이 다 시원하네 하하하."

이원은 평소 그 인품을 비루하게 생각해왔던 이숙이 그렇게 당한 것을 매우 통쾌하게 여겼다.

"황숙이면 황숙이지 어찌 사람을 그렇게 대한단 말인가? 그런데 자네 허리는 정말 괜찮은 것인가?"

이원의 걱정에 고공도는 철괴(鐵拐)를 짚고 앉은 채 호탕하게 웃었다.

"괜찮습니다. 오늘 그저 저 같은 자가 장안의 귀인 명사들과 이렇게 더불어 술잔을 나누는 게 정말 즐거울 따름입니다."

최치원은 고공도를 바라보며 빙긋이 웃음을 지었다.

"내 공도를 안 지는 얼마 되지 않았지만, 시를 읊을 때 북을 쳐 아름다운 가락을 버무리는 재주가 묘한 벗입니다. 또 저 철괴를 다루는 솜씨는 장안에서 적수가 없지요."

최치원의 소개에 고공도는 부끄러워했고 위홍은 껄껄 웃었다.

"장안의 두 문무 호걸과 함께하니 이 어찌 즐겁지 아니하오! 치원 아우는 시를 지어 부르고 나는 해금을 튕기고 처용, 황숙은 피리를 불고 공후를 연주하고 고공도는 북을 치면 흥겹지 아니하겠소! 허허허."

처용이 한마디를 거들었다.

"치원 님의 노래를 한번 청해보고 싶은데 괜찮겠습니까? 제가 피리를 불지요."

처용의 제의에 최치원은 조심스럽게 술잔을 내밀었다.

"이 잔을 채워 마신 후 불러 보겠습니다."

최치원은 처용에게 술 한 잔을 가득 받아 죽 마신 후 목을 가볍게 가다듬고 피리 소리에 맞추어 청아한 목소리로 노래를 부르기 시작했다.

- 가을바람을 맞으며 쓸쓸히 노래 부른다.
- 이 세상에는 나를 아는 이 너무 적구나.
- 깊은 밤 창밖에는 비가 내리는데
- 등 앞에 있는 내 마음은 만 리를 달리네.

"대단한 오언절구일세!"

"해동 명사가 어디 있나 했더니 바로 여기 있었구나!"

최치원의 노랫소리에 맞추어 연주한 이들은 모두 최치원의 시에 극찬을 아끼지 않았다.

"홀로 있을 때 울적하여 읊조리던 시인데 이렇게 찬사를 하니 몸 둘 바를 모르겠습니다."

최치원은 겸손하게 말하며 몹시 쑥스러워했다. 위홍은 소매가로 눈물을 훔치며 말했다.

"노랫소리와 함께 마치 고향 서라벌로 달려가는 듯했네."

고공도가 고개를 갸웃거리며 조심스럽게 한마디를 덧붙였다.

"그런데 이 노래가 박자는 오언절구와 같다 해도 가락이 사뭇 특이합니다."

고공도의 지적에 이원이 껄껄껄 웃었다.

"그럴 수밖에! 이것은 신라의 가락이 아닌가? 당의 가락과 같을 수가 없지."

"허! 솔직히 장안에 신라인, 서역인, 천축국인, 호인, 왜인 등등 별별 사람이 있지만 다른 곳의 가락을 자주 귀 기울여 들어보지 못한 것이 안타깝소이다."

최치원의 탄식에 처용이 환한 웃음을 지으며 말했다.

"그러고 보니 참 이상하지 않습니까! 저는 호기심이 일어 장안에 있는 외지인들의 가락을 모두 들어 보았습니다. 그런데 무릇 사람은 태어난 곳에 따라 생김새와 풍습이 다르다고는 하나 좋아하는 박자가 다르고 가락이 다른 것은 대체 어떤 연유인지 알 수가 없었습니다. 그러면서도 좋은 박자와 가락은 만인이 공감하니 이것이 사실 인간 세상의 진정한 이치에 근접한 일이 아닐까 싶더이다."

"그것참 그러하이."

이원이 고개를 끄떡이며 공후 줄을 가볍게 튕겨 간결한 선율을 날렸다.

"이 공후만 해도 그 옛날 고구려에서 흘러온 악기일세. 이제 당 사람들도 즐겨 연주하는 악기가 되었지만, 본시 당과 자웅을 겨루던 고구려의 가락을 타던 악기가 당의 가락에도 맞는다는 것! 서로 싸우던 것도 하나로 만드는 것이야말로 무릇 음악이 가진 속성이 아닐까 하네."

"그렇다면."

위홍이 굵고 짧은 말로 이목을 집중시킨 뒤 손을 크게 들며 말했다.

"이 세상에는 만인을 감동하게 할 만한 절세의 가락, 또는 노래가 있지 않을까? 미움도, 슬픔도, 모두 삼켜 버릴 수 있는 가락 말일세!"

이원이 공후를 놓고 빙긋이 웃었다.

"세상 사람들이 좋아하며 즐겨 부르는 오래된 노래야 있지 않은가? 그것이 절세의 가락이 아닐까?"

"허나 그 노래가 남녀노소 동서남북인이 모두 좋아하는 노래라 할 수 있는가?"

위홍의 반문에 이원은 자신 있게 대답하지 못하고 공후 줄만 가다듬었다. 잠시 적막이 흐른 후 처용이 껄껄 웃었다.

"절세 가락이라! 오언절구나 칠언절구에 맞추어 노래하는 것이 음악의 전부는 아니겠지요."

최치원이 그 말에 잔잔히 웃었다. 이원이 맞장구를 쳤다.

"그럼! 세상에는 다양한 가락이 아주 많이 존재하네! 모두가 그 사람들이 살던 풍습을 쫓아 달라진 것이니 그 가락을 아우르는 절세가락이란 것이 어디 따로 있겠나?"

"다양한 가락이라……. 황숙께서는 서역이나 천축국의 가락을 많이 들어 보시었습니까?"

고공도의 말에 이원은 정색을 하며 답했다.

"이르다 마다인가! 난 동쪽으로는 신라, 남쪽으로는 천축(인도), 서쪽으로는 회회(위구르), 대식국(사라센), 심지어 저 서쪽 끝 대진국(로마) 음악까지 섭렵한 사람일세!"

"들어본바 그중에 가장 마음에 드는 음악은 무엇이었는지요?"

최치원이 나직하게 묻자 이원은 잠시 멍하게 있다가 생각을 가다듬은 후 답했다.

"모르겠소! 내 마음에 들지 않는다고 어느 음악이 좋지 않다고는 말할 수 없으니 말이오. 그저 장안 사람들이 즐기는 노래를 나 또한 즐겨 부르니 그걸 마음에 든다고 할 수는 있겠지. 허나 어디까지나 음악이란 그 지역과 사람들의 성정에 따라 아주 다른 게 아닌가 하오. 듣지 않았던 낯선 음악이 어찌 흥이 나겠소이까."

이원의 말에 고공도가 조심스럽게 반론을 제기했다.

"꼭 그렇지는 않습니다. 다른 곳의 음악이 심금을 울리기도 하오이다. 내 예전에 회회인 들에게 장안의 유행 가무를 보여준 적이 있는데 그들도 매우 흥겨워했소. 회회인들이 고마움의 뜻으로 그들의 가무를 보여줬는데 그 가락이 슬프면서도 흥겨워 장안 토박이인 나와 주위 사람들도 더불어 즐겼소이다."

고공도의 말에 이원은 머쓱해 하며 말을 더듬거렸다.

"그, 그건 자네의 견식이 짧은 거네! 천축과 대식국의 음악은 정말이지 들을게 못 되는데 그 나라 사람들은 매우 흥겹게 들으니……."

이원의 말이 끝나기도 전에 고공도가 또다시 끼어들었다.

"저도 미처 그들의 음악을 모두 귀담아듣지는 않았지만 장안에는 각 나라의 음악을 하는 이들이 다양하게 있습니다. 상금으로 제가 비단 세 필을 내놓고 무대를 빌려줄 이를 구할 테니 장안 사람들에게 어느 음악이 최고인지 우열을 가려 보게 함이 어떠하신지요?"

이원은 발끈하며 그 제의를 받아들였다.

"거 말 잘했군! 자네 말이 너무 어이없었는데 말이야! 그렇게 해보자고! 그런데 장안 제일의 음악을 겨루는 마당에 상금으로 비단 세 필은 너무 적지 않은가! 내 황금 열 냥을 내놓겠네!"

"허! 거 무리하는 게 아니신지요!"

이원과 고공도가 옥신각신거리는 와중에 또 다른 목소리가 좌중을 덮었다.

"왜들 그리도 배포가 좀스러운가! 내가 금 삼십 냥과 비단 삼십 필을 내놓겠네! 자네들과 대결할 악사와 소리꾼들을 모아 올 테니 어디한번 장안 제일 소리꾼이 누군지 겨루어 봄세!"

일행이 돌아보니 이숙이 손에 깃털 부채를 들고 뒤로는 시종들을 잔뜩 거느린 채 다가오고 있었다. 이숙은 자신을 맞이하는 어색해하는 분위기에도 아랑곳하지 않고 고공도에게 성큼성큼 다가가 싱긋 웃었다.

"내 전날 자네에게 너무 했기로서니 바로 여기 붙어 이러기인가?"

고공도는 아무 말도 하지 않고 술만 들이켰다. 이숙은 '낄낄' 웃은 뒤 팔을 크게 들어 옷소매를 힘껏 '타악!' 턴 후 소리쳤다.

"다들 자신들의 소리가 최고라 여기고 있나? 하하하! 장안 제일의 소리가 누군지 한 번 판가름을 해보자꾸나! 한 달 뒤로 시일을 정하고 장소는 방시에 있는 취회루로 하지! 그쪽에서 우승하는 자가 나오면 내가 제시한 상금을 내놓겠지만 내 쪽에서 나온 사람이 우승하면 그만큼을 그쪽에서 내놓아야 한다!"

취회루는 이숙이 소유하고 있는 거대한 누각으로 장안에서 가장 큰 시장인 방시를 굽어보며 서 있었다. 모두들 주저하며 선뜻 나서지 않으려는 순간 처용이 껄껄 웃으며 제일 먼저 동의하고 나섰다.

"그거 좋소이다! 서로 기예를 겨루며 아름다운 음악을 들으니 어찌 즐거운 일이 아니겠습니까?"

이숙은 '흥'하고 콧방귀를 끼며 손에 든 깃털 부채를 살살 흔들며 중얼거렸다.

"네놈의 길거리 음악 따위가 얼마나 하찮은 것인지 깨닫게 해주지!"

3장
장안의 투가(鬪歌)

1.

이숙의 제의가 있은 지 사흘이 흘렀다.

이원의 저택에 모여 노래 연습에 몰두하고 있는 이원과 위홍, 처용에게 고공도가 달려와 급한 소식을 전했다.

"들었소? 이숙 측에서 굉장한 사람들을 이번 투가(鬪歌: 노래대결)에 참여시킬 생각인가 보오!"

투가는 장안에서 가끔 벌어지는 작은 축제였다.

투가는 말 그대로 노래로 싸운다는 의미였다. 보통 두 명이 번갈아 노래를 불러 승패를 가르는 방식이 많이 선호되었다. 투가는 대부분 따로 심사를 보는 이들이 있기보다는 청중들의 반응에 따라 승패가 갈렸다. 때로 장안의 투가는 각 거리에 사는 사람들이 자신들이 추천한 선수를 내어 내기를 하며 겨룰 정도로 화려한 축제로 번지곤했다. 노래는 즉흥적으로 지어 부르기도 했고, 이미 알려진 노래를 다른 가락이나 자신만의 운율로 부르기도 했다.

"어떤 사람들이오?"

"천축국에서 온 소리꾼, 대식국에서 온 소리꾼이 그쪽에 붙었다 하오."

이원이 낄낄 웃으며 천천히 손을 들어 흔들며 여유 있게 너스레를 떨었다.

"투가를 할 때 승부의 첫째 요건이 뭔지 아는가? 노래를 듣는 사람들의 호응이지! 그런데 장안 사람들이 과연 얼마나 천축이나 대식의 음악을 알아주겠나?"

고공도가 한숨을 쉬며 고개를 저었다.

"그건 모르는 소리입니다. 천축에서 온 자는 사룬가, 대식국에서 온 사람은 핫산이라 하는데 그들은 이미 장안에서 연주와 노래로는 유명한 자들입니다."

이원이 고개를 갸웃거리더니 고개를 끄덕였다.

"그리고 보니 이름을 들어본 적이 있는 자들이군. 허나 이국의 낯선 음악이 얼마나 통할꼬? 허허허."

"그게 다가 아닙니다. 더 놀랄 일이 있습니다."

고공도는 크게 심호흡을 한 후 말을 이었다.

"황실 악사이자 소리의 대가인 금규가 이숙에게 포섭되어 참가한다 합니다."

"뭐? 그럴 리가!"

"금규가?"

이원과 위홍이 동시에 놀라 소리치자 영문을 모르는 처용이 그들에게 물었다.

"금규가 황실의 악사라고 하지만 음악을 하는 사람에게 그 자리가 소리의 일인자를 말하는 것은 아니지 않습니까? 금규라는 자가 과연 얼마나 대단한 사람이기에 그러는 것입니까?"

위홍은 향비파를 신경질적으로 다듬으며 대답했다.

"자네 말대로 그자가 단지 황실에 있다는 것만으로 그러는 건 아니야. 그자는 기가 막힌 목소리를 타고났고 음을 아주 잘 아는 자일세."

"그들이 대단한 자들이라고 해도 우리는 우리대로 대비를 해 나가면 될 일 아닙니까?"

처용은 웃음을 지으며 별거 아니라는 투로 대했지만 이원은 걱정스러운 표정이었고 위홍은 다소 굳은 표정을 지었다.

"허허허, 모두 연습은 하지 않으십니까?"

마침 이원의 집에 들어선 최치원은 이런 분위기를 아는지 모르는지 유독 큰 웃음소리를 내었다. 위홍은 최치원의 밝은 표정을 보더니 경직된 얼굴을 다소 풀고 그를 맞이했다.

"밖에서 무슨 좋은 일이 있었습니까? 표정이 밝습니다."

"아, 오던 길에 동시에서 참 특이한 음악을 들었습니다. 정말 마음이 편안해지더군요."

"어떤 음악이었습니까?"

이원이 고개를 갸웃거리며 자세히 물어보았다.

"대식국의 음악이라고 했습니다."

고공도에게 들었던 얘기가 있었던지라 이원과 위홍의 표정은 금방 어두워지고 말았다.

"이런……. 대결이 있기 전 저잣거리 사람들에게 음악을 미리 들려주어 귀에 익게 하려고 이숙 이놈이 벌써 수를 쓰는 것이로군."

이원은 푸욱 한숨을 쉬었다. 최치원은 싱긋 웃으며 이원에게 지필묵을 요청했다.

"제가 들었던 음악을 한번 보여드리죠."

이원의 하인이 지필묵을 가져다주자 최치원은 들었던 음악을 다시 기억해 내며 악보를 써 나가기 시작했다. 악보를 볼 줄 모르는 처용은 최치원이 쓰는 악보를 보고 고개를 갸웃거리며 위홍에게 물었다.

"저것이 무엇인가?"

"공척보(工尺譜: 당나라 때의 악보)라네 그나저나 치원 님은 언제 기보법(악보를 적는 법)까지 다 익히셨습니까? 게다가 음을 다 외워 적다니 정말 대단합니다. 허허."

최치원은 그저 싱긋 웃기만 할 뿐이었다. 이윽고 최치원은 정성 들여 쓴 악보를 사람들에게 펼쳐 보였다. 악보를 본 위홍이 중얼거렸다.

"이것은 현으로 연주하는 것이 가장 좋겠군."

위홍이 향비파를 연주하기 위해 술대(향비파를 연주하는 막대)를 들자 최치원이 손을 들어 이를 중지시켰다.

"왜 그러시는가?"

"혹시 그 향비파를 퉁길 수 있겠습니까? 그 대식국 악사는 마치 새의 발톱과 같은 것으로 현을 튕겼습니다."

"허! 술대로 켜는 악기를 손이나 다른 것으로 만지면 소리가 제대로 나겠나."

위홍은 약간 투덜거리면서도 향비파를 세우며 최치원이 채보한 악보를 보고서는 손으로 능수능란하게 연주하기 시작했다. 한참 동안 그 음악을 듣던 이원이 중얼거렸다.

"거 음악이 묘하도다."

최치원이 고개를 끄떡거렸다.

"그 대식국 사람이 쓰던 악기는 향비파와 비슷하나 다른 점이 있더이다. 향비파는 세로로 세워 연주하는데 그 자의 악기는 가로로 쥐고 연주합니다. 그 소리는 울림통을 통해 맑고도 청아하게 사방에 울리더이다. 허허."

처용이 피리를 들어 그 음을 다시 연주한 후 크게 웃었다.

"이 대결은 참 재미있겠소! 이쪽에는 신라의 위홍도 있으니 과히 천하의 음악이 다 모인다고 보아도 좋지 않겠소이까. 허허허!"

최치원이 그 모습을 보고 싱긋 웃었다. 처용이 그런 최치원에게 공손히 청했다.

"제가 부탁할 일이 있는데……."

"무슨 일입니까? 편히 말씀하소서."

최치원은 처용을 보며 환하게 웃었다.

"내 비록 치원 님을 뵌 지 얼마 되지 않으나…… 치원 님의 문장이 매우 오묘하다 들었습니다. 이번 투가 때 치원 님의 시로 노래를 지어 부르고 싶으니 시 한 수만 읊어주시지 않겠습니까?"

최치원은 크게 기뻐하며 쾌히 승낙했다.

"오히려 제가 영광이옵니다. 처용 님이 저를 크게 보아 주시는군요. 제 시가 마음에 드셨습니까?"

처용은 고개를 조용히 끄덕였다. 최치원은 조금 멋쩍어하면서도 흡족한 표정을 감추지 못했다.

2

"자 모이시오, 모이시오! 장안 제일 노래꾼을 판가름 짓는 최고의 대결이 펼쳐집니다!"

"앞자리는 열 민을 내시오! 그냥은 못 앉소!"

"만두가 있어요! 맛좋은 만두 사세요!"

장안에서 가장 큰 시장인 방시의 중앙에 있는 취회루를 둘러싸고 사람들은 인산인해를 이루었다. 취회루는 삼 층 누각으로 지어져 있는데 제일 상층에 있는 무대는 붉은 비단으로 둘러쳐져 있었다. 유시(酉時: 오후 다섯 시에서 일곱 시)를 알리는 종소리가 울리고 한참 뒤에도 비단이 걷히지 않자 모여 있는 사람들이 하나둘씩 소리를 지르기 시작했다.

"빨리 해라!"

"노래를 듣고 싶다!"

사람들의 아우성은 점점 커지더니 급기야는 하나의 목소리로 뭉치기 시작했다.

"시작해! 시작해!"

순간 맑은 종소리가 차르르- 울리고 마침내 붉은 비단이 좍- 걷히자 사람들의 아우성은 찬탄을 담은 환호로 바뀌었다. 뒤편에 있는 악공들을 가리고 무대 가득히 들어선 무희들이 오색찬란한 옷을 입고 하늘하늘 춤을 추었다. 경쾌한 음악 소리에 맞추어 무희들은 한 곳에 모였다가 다시 흩어지고 다시 모이더니 묘한 음정을 흥얼거렸다.

　- 나나나 아아아 나나나나나 아아아아.

무희들이 다시 한 곳으로 몰렸다가 갈라지는 순간 그 중심에서 웃지 않는 미녀인 향신각의 마희가 붉은 옷을 입고 나타났다. 사람들의 환호 소리가 높게 울려 퍼졌다. 마희는 특유의 무표정한 얼굴로 노래를 부르기 시작했다.

　- 백길 높은 누각에 오르니
　- 손을 내밀면 별이라도 딸 것 같네.
　- 큰 소리로 아름다운 노래를 부르니
　- 하늘이 놀랄까 두렵도다.

사람들은 흥겨워했고 그것이 이백의 시를 살짝 틀어 부른 것이라는 것을 아는 사람들은 노래를 따라하며 즐거워했다. 마희를 중심으로 무희들의 춤이 한동안 흥겹게 이어진 후 자칭하여 장안에서 가장 입심이 좋다는 표철이라는 자가 올라와 크게 소리쳤다.

"자! 무희들의 얼굴과 옷이 닳도록 실컷 보고 즐기셨소? 어허 앞에 앉은 턱수염 선비! 아름다운 무희들을 바라보는 건 좋지만 침 좀 그만 흘리시오. 그대의 침으로 먹을 갈면 시 한 수도 너끈히 쓰겠소!"

사람들이 낄낄거리자 표철은 자신감을 얻고 농담을 계속 지껄였다.

"말이 나온 김에 침으로 먹을 갈고 쓴 시 한 수를 읊어볼 선비 없으시오? 선비가 아니라 처녀의 타액이면 더 좋겠소! 헤헤헤!"

"거 말도 안 되는 소리 집어치우고 노래나 시작하시오!"

"그래! 빨리 해라!"

노래만을 기다리는 사람들의 반응이 영 신통치 않자 표철은 황급히 본론으로 들어갔다.

"자! 장안의 두 황실 종친이 노래로 맞붙었다네! 양편 각각 세 명이 나와 맞대결을 하는데 먼저 두 명이 이기는 쪽이 승리한다네!"

"한쪽에서 먼저 두 명이 이기면 뒤에 두 사람 노래는 못 듣는 거요?"

앞에 있는 사람 하나가 소리쳐 묻자 표철이 손을 흔들며 소리쳤다.

"그때는 진 쪽 사람은 힘없이 돌아갈 터이고 이긴 쪽의 사람이 승리의 노래를 부르겠지! 첫째 평가는 뭐니 뭐니 해도 여러분들의 반응이오! 첫째 평가로 구별이 되지 않으면 둘째 평가는 나와 뒤편에 있는 아홉 명의 무희 그리고 마희가 할 것이외다!"

사람들의 박수 소리와 함께 표철은 먼저 무대에 나올 사람을 소개했다.

"자~! 그럼 먼저 이숙 어르신 쪽에서 나온 자가 누구인지 말해 보리다!! 독수리 발톱을 세운 5현의 명인~! 뜨거운 사막이 끝없이 펼쳐진 나라 대식국에서 온 서역 최고의 음악가~! 아블~~~핫산!"

표철의 소개와 함께 올라온 아블핫산은 노르스름한 옷에 연한 청색 터번을 두르고 구불구불한 수염을 얼굴 가득 기르고 있었다. 당에서는 대식국이라 부르는 압바스 왕조에서 온 그는 악공이자 소리꾼이었다. 그의 장기는 독수리 발톱으로 연주하는 5현 우드에 맞추어 부드럽게 노래를 부르는 것이었다. 아블핫산이 손가락 사이에 낀 독수리 발톱을 들어 우드 현을 가볍게 훑자 맑고 부드러운 소리가 사방에 울려 퍼졌다.

- 삶이 길든 짧든
- 끝은 곧 죽음이지.
- 죽음에 이르는 길
- 아무튼 길어야지.
- 때론 고통 속에서 살지.
- 때론 안전도 부귀도 누리지.
- 때론 세상에서 조롱도 받지.
- 때론 세상 끝까지 나가며 크게 취하지.
- 모든 부귀와 고뇌는 다 한때 꿈이지.
- 허황된 거짓말이지.

아블핫산의 노래가 끝나자 노래에 몰입해 숨죽인 듯 잠잠했던 청중들이 우레와 같은 환호를 보냈다. 아블핫산은 답례로 멋지게 우드를 한번 훑은 뒤 한 손을 크게 들어 관중의 환성을 더욱 유도한 후 같은 노래를 한 번 더 불러주었다.

"아! 이런! 나 왠지 상대를 잘못 만난 거 같아."

대기 장소인 누각 2층에서 이원은 마른침을 꿀꺽 삼키며 초조해했다.

"편안히 부르시면 됩니다."

"걱정하지 마. 저 정도는 아무것도 아니야!"

처용과 위홍이 이원을 격려했지만 다소 굳은 이원의 표정은 쉽게 풀리지 않았다. 표철의 목소리가 울려 퍼졌다.

"자~ 반응이 뜨거웠던 아블핫산의 상대는~ 바로 이번 내기의 주인공 중 하나! 황실의 자존심~ 장안 최고의 호색한~ 자는 성취요 이름은 이원이라!"

'망할 놈! 호색한이란 말을 함부로 하다니.'

이원은 속으로 표철을 욕하며 공후를 들고서 여전히 굳은 표정으로 무대에 올랐다. 이원은 경쾌한 목소리로 봄밤의 비를 읊는 두보의 시를 노래했다.

- 가물어 꿀 내음이라도 맡기를 바라던 봄날
- 고마운 비여! 고마운 비가 품에 안기네.
- 봄비는 바람 따라 밤에 스며들고
- 가늘게 소리 없이 모든 것을 적시네!

- 봄비 따라서 어두운 들길을 걷는

- 저 구름을 비추는 강가의 호롱불 하나

- 비단으로 감은 꽃송이 무겁게 자태를 보이네.

　장안의 사람들에게 익히 익은 시가를 부른지라 일부는 이를 따라 부르기도 하는 등 반응은 좋았다. 노래가 끝난 뒤에는 아블핫산에 못지않게 사람들의 뜨거운 환호가 울려 퍼졌다. 뒤늦게 자신감을 찾은 이원은 무대에서 가볍게 웃으며 사람들에게 손을 흔들어 보였다. 표철이 무대에 올라 소리쳤다.

　"자~! 환호 소리로 우위를 판가름해 보리다! 누구의 노랫소리가 더 좋았소?"

　청중들의 목소리는 이원과 아블핫산의 이름을 번갈아 부르며 우열을 가르지 못했다. 표철은 낄낄거리며 마희와 무희들을 앞으로 내세웠다. 표철은 마치 다짐을 받아 내기라도 하듯 다소 윽박지르는 말투로 말했다.

　"셋을 세면 아블핫산이 잘 불렀다고 생각하는 무희는 앞을 보고 이원 어르신이 잘 불렀다고 생각하는 무희는 뒤를 보는 것이다. 판정이 헛되이 나오면 여기 계신 청중들이 가만히 있지 않을 것이니 신중히 생각해야 하느니라. 하나, 둘, 셋!"

　그와 동시에 일곱은 앞을 보고 세 명이 뒤돌아섰다. 표철은 무희들을 힐끗 보더니 뒤돌아 선 후, 결과를 말했다.

　"7대 4로 아블핫산의 승리요!"

이원은 어깨를 축 내려트리며 처용과 위홍을 돌아보았다.

"허 이런! 면목이 없네."

뒤늦게 누각에 올라온 최치원이 차분한 표정으로 이원의 패인을 지적해 주었다.

"아블핫산의 노래는 익히 알려진 이태백의 시를 이용해서 이미 장안에 유행이 된 서역의 음악으로 사람들의 귀를 희롱했습니다. 이쪽도 잘 알려진 두보의 노래를 불렀으나 악기를 연주함에 있어 저쪽은 묘한 악기를 사용해 사람들의 심금을 울리는 방법을 썼으니 이쪽의 대응이 미흡했다고 봐야 합니다."

이원은 한숨을 쉬며 중얼거렸다.

"이래서야 원……. 이숙 그놈이 이겼다고 통쾌해할 생각만 해도 분통이 터지네!"

위홍은 축 늘어진 이원에게 여유 있게 웃어 보였다.

"아직 우리 둘이 남지 않았나? 걱정하지 마시게."

이원은 고개를 저었다.

"남은 천축국 사람도 분명 묘한 음악을 할 것이며 거기에 하늘이 내린 소리라고 일컫는 황실 악사 금규도 이겨야 하니……. 허……!"

위홍이 향비파를 부드럽게 쓰다듬으며 웃음을 지었다.

"내가 무대에 올라갈 차례네. 처용까지 노래가 이어질 수 있도록 열심히 불러 보겠네."

잠시 후, 이것저것 싱거운 소리를 하던 표철이 커다란 목소리로 다음 무대의 주인공인 위홍을 소개했다.

"자~ 다음은! 장안의 여심을 뒤흔드는 하얀 살결의 남자! 동쪽 성
국 신라에서 온 꽃과 같은 남자! 위홍~!"

위홍은 향비파를 연주하며 천천히 무대로 걸어 나왔다. 하얀 비단
옷을 입은 위홍의 모습은 마치 백옥으로 깎아놓은 듯 빛났다. 위홍
이 향비파를 내리며 하얀 이를 살짝 드러내며 웃자 가까이서 구경하
던 여자들의 가벼운 탄식이 여기저기서 흘러나왔다. 분위기가 어느
정도 무르익자 위홍은 노래를 시작했다.

- 바람이여! 임 앞에 불지 마소서!

- 물결이여! 임 앞에 치지 마소서!

- 멀리 떠나간 임

- 어서어서 돌아오라

- 그대 다시 만나면

- 꼭 잡은 손 놓지 않고

- 옷소매 서로 엮어

- 헤어지지 않으리.

- 아으 아아아 아아아 아아

- 그대 잡은 손

- 영원히 놓지 않으리.

위홍의 노래가 끝나자 많은 여인이 무대를 향해 꽃을 던졌다. 어떤
여인들은 속곳을 벗어 흔들며 열광하며 울음을 터트리기까지 했다.

위홍은 부드럽게 웃으며 인사한 뒤 무대에서 내려갔다. 어떤 남자들은 여자들의 열광을 못마땅하게 여겼고 부부끼리 가벼운 언쟁이 생기는 일도 있었다.

"아이고 좋네! 남자가 왜 저리 곱게 생겨 노래를 하누?"

"에이 계집애같이 노래 부르는 걸 뭐가 좋다고!"

남자들의 빈정거림에 여자들은 이를 두고 보지 않고 받아쳤다.

"무슨 소리요! 하여간 장안 남정네들은 남을 깎아내리기만 할 줄 알지! 쯧!"

사람들의 열광이 잠시 가라앉기를 기다린 표철이 슬며시 무대 위로 올라와 힘껏 손바닥을 두들기며 소리쳤다.

"자! 바로 다음 순서가 있겠소이다! 이번에는 저 멀리 남쪽 나라 천축국에서 온 신비스러운 사나이! 사랑을 연주하는 탐부라로 여심을 뒤흔드는 남자~ 사룬가!"

무대에는 탐부라(인도의 현악기)를 들고 번질거리는 검은 피부, 움푹 팬 큰 눈에 손에는 갖가지 보석이 박힌 반지를 여러 개 낀 사룬가가 낮은 음정을 흥얼거리며 눈을 지그시 감은 채 서서히 등장했다. 사룬가가 탐부라를 튕기자 핫산의 우드와는 달리 다소 낮은 음이 울려 퍼졌다.

- 강바람이 학들의 날카로운 선율의 울음을 길게 전해주고

- 이른 새벽 피어나는 연꽃의 향기로 향기로운 곳

- 사랑을 간청하는 연인과 같이

– 아침은 여인들 몸을 꿈꾸네.

– 당신의 몸은

– 열린 창문에서 나오는

– 여인들의 향으로 살찔 것이오.

– 당신의 마음이 여행으로 지쳤으면

– 꽃향기 그윽한 저택에서

– 아름다운 장안의 여인들과 하룻밤을 지낼 수 있소.

사룬가는 신비로운 느낌이 드는 음정을 알 수 없는 언어로 한동안 흥얼거리듯 중얼거리고 앞서 불렀던 노래를 반복한 후 노래를 끝마쳤다. 사람들의 요란한 환호성이 들린 후 표철이 무대 위로 급히 뛰어올라 소리쳤다.

"자! 호응들이 비슷하니 바로 무희들로서 판가름하겠소!"

그러자 무대 아래에 있던 여인들부터 적극적으로 나서기 시작해 항의가 들끓었다.

"아니 위홍에게 호응하는 목소리가 더 높았는데 왜 구태여 무희들에게 묻는단 말이오!"

"맞소! 맞소!"

"물을 거 없소 위홍이 이겼소! 당신 대체 누구 편만 드는 거요?"

"신라 꽃돌이 위홍이 이겼다!"

여기저기서 여인들의 목소리가 높아지자 표철은 당황해하면서도 물러서지 않았다.

"여러분들의 호응으로는 우열을 가릴 수가 없소! 무희들은 이리로 나오시오!"

"닥쳐라!"

"위홍! 위홍! 위홍!"

여인들의 목소리가 점점 커지자 당황한 표철은 슬쩍 무대 뒤를 돌아보았다가 양손을 번쩍 들고 소리쳤다.

"그럼 여러분들의 의견을 받들어 이번 승부는 위홍이 이긴 거로 하겠소!"

여인들은 당연한 결과라며 환호성을 질렀다. 무대 아래에서는 이원과 함께 위홍이 환한 웃음을 지으며 처용의 손을 잡았다.

"이제 승부는 자네에게 달렸네. 힘내게!"

처용은 빙긋이 웃으며 답했다.

"자네와 같이 여인들의 환호성을 끌어낼 자신은 없지만 열심히 해보겠네. 허허허."

3.

승패를 결정지을 마지막 대결을 앞두고 표철은 무대에서 쓸데없는 말들을 늘어놓으며 시간을 끌고 있었다.

"……아, 그래서 이긴 사람은 만두를 먹겠지요! 진 사람은 똥이 든 만두를 먹을 것이오!"

표철의 재미없는 농담이 자꾸만 이어지자 지겨웠던 사람들은 끝내

참지 못하고 소리를 지르기 시작했다.

"그만해라!"

"당장 집어치워!"

사람들의 반응이 썰렁하다 못해 항의로 이어지자 표철은 당황해하며 무대 뒤를 돌아보았다. 무대 뒤에서 손이 나와 아래위로 신호를 보내자 표철은 서둘러 다음 무대를 소개하기 시작했다.

"내가 이렇게 잡소리를 해가며 잠시 쉬어가는 것은 다음에 소개할 소리꾼이 보통 사람이 아니기 때문이오! 그분이 방금 이 자리에 오셨소! 정말 이 자리에 나올 여유도 되지 않는 분이지만 특별히 짬을 내어 이 자리에 납신 것이오!"

이미 다음에 나올 사람을 짐작하는 구경꾼들은 순식간에 조용해졌다.

"여러분들은 궁궐 안에 계신 천자께서 어떤 음악을 듣는지 알고 있소이까? 이제 그것을 알 수 있을 것이오! 여태까지 그대들이 들어왔던 음악이 얼마나 속된 것이었는지 알게 될 거요! 허허허!"

표철이 잠시 사이를 두는 동안 사람들은 마른침을 꼴깍 삼키며 기대하는 소리꾼이 나오기를 조용히 기다렸다.

"소개하겠소이다. 천자 앞에 독대하여 곡을 연주하고 노래를 부르는 장안 최고의 소리꾼! 그가 노래를 부르면 산천초목도 감동하니 오호라! 그 이름~ 금규!"

그 이름이 불림과 동시에 무대에는 악공들이 천천히 등장해 웅장한 곡을 연주하기 시작했다. 양옆에서는 두 명의 여인이 등장해 사방에 꽃을 뿌리며 춤을 추었다. 사람들은 시작부터 분위기에 압도되어 멍하니 무대를 올려다보았다. 때마침 해 질 녘이라 빨간 노을이 무대를 비추니 신비로움까지 더해지고 있었다.

"이봐 이원, 승부는 난 거 같은데 그만 포기하지 그래?"

어느새인가 이원의 곁에 이숙이 다가와 이죽거렸다. 이원은 콧방귀를 끼며 이숙에게 쏘아붙였다.

"악공을 잔뜩 동원하고 여인에게 꽃을 뿌리게 하고 저게 무슨 짓인가? 정정당당하게 노래로만 승부를 봐야지!"

이원의 말에 이숙은 그게 뭔 대수냐는 듯 크게 웃었다. 마치 비웃는 것 같은 이숙의 태도에 이원은 인상을 잔뜩 찌푸렸다.

무대의 두 여인이 들어가자 이번에는 어디선가 학이 잔뜩 나오더니 음악에 맞추듯 하늘로 푸드덕 날아올랐다. 사람들은 날아오르는 학을 보고 '와!' 하고 함성을 내뱉었다. 심지어 조금 전만 해도 이숙을 비아냥거리던 이원마저도 멋진 광경에 넋을 잃을 지경이었다. 천천히 날아오르는 학을 배경으로 금빛 은빛 실로 수놓은 하얀 비단옷을 입고 머리에는 관모를 쓴 채 금규가 천천히 걸어 나오며 노래를 불렀다.

- 꽃 사이 한 동이 술을 놓고
- 혼자 마시는데 벗이 없구나!
- 잔을 들어 휘영청 밝은 달을 맞이하니
- 달과 그림자 나 셋이어라.

- 달은 본디 술 마실 줄 모르고

- 그림자는 그저 부질없이 내 몸을 쫓네!

- 짬을 내어 달과 그림자 거느리고

- 모름지기 봄을 즐기려 하네!

- 내가 노래하면 달은 서성거리고

- 내가 춤추면 그림자는 어지러이 흔들리네!

- 깨어있을 땐 함께 기쁨 나누다가

- 취한 뒤에는 각기 흩어지려니

- 그대들과 영원히 평온한 우정 맺으며

- 아득한 곳에서도 다시 만나길 기약하려네.

금규의 목소리는 청아하고도 힘이 있었으며 호흡이 길었다. 노래가 끝나자 청중들은 우레와 같은 환호를 보냈다. 금규는 거만하게 웃으며 청중들에게 손을 들어 인사한 후 천천히 무대 아래로 내려갔다. 무대 아래에서는 처용이 알록달록한 옷을 입고서 작은 북을 매고 서 있었다.

"거 노래 한번 잘하오! 끝내주는구려!"

처용이 금규에게 칭찬을 했지만 금규는 거만한 표정을 지으며 비웃었다.

"참으로 천박하기 그지없는 표현이군! 천하가 알아주는 내 노래를 두고 겨우 끝내준다니."

처용은 금규의 냉대에도 아랑곳하지 않고 계속 칭찬을 했다.

"목소리, 음정, 박자……. 과연 모든 게 천하일품이오!"

금규는 가볍게 콧방귀를 낀 후 턱을 치켜들며 거드름을 피웠다.

"그런가? 그런데 내가 바빠서 자네 노래는 듣지 못하겠네. 천자께서 날 언제 찾을지 모르기에 어서 궁으로 들어가 봐야 하니까! 그럼 잘해 보게~!"

처용은 그 말에도 '허허허' 웃으며 북채를 고쳐 잡은 후 자신의 차례를 기다렸다.

"자~! 그럼 바로 다음 순서로 가겠소! 온 곳도 간 곳도 알 수 없는 떠돌이 소리꾼 처용이오!"

표철의 무성의한 소개 후 무대로 천천히 올라온 처용은 작은 북을 북채로 '통통' 치기 시작했다. 금규의 화려한 무대에다가 표철의 무성의한 소개 이후 등장한 처용을 두고 사람들은 잡담을 나누는 등 무대로 시선을 집중하지 않았다. 무대 바로 아래에서 그 모습을 본 이원은 탄식했다.

"망했네! 저러면 어찌 상대가 되나! 졌어!"

처용은 사람들의 반응에 개의치 않고 계속 북을 쳤다. 언뜻 들으면 단조로운 북소리는 묘한 여운을 남기며 사람들의 귓속으로 파고들기 시작했다. 옆 사람과 잡담을 나누며 웅성거리던 청중들의 잡소리는 서서히 북소리에 잦아들었다. 사람들은 점점 기기묘묘한 북소리에 매료되어 갔다. 어느덧 어둑해진 밤하늘을 등진 장안 방시에는 북소리만 울려 퍼졌다. 사람들이 북소리에 완전히 빠지고 허공에 떠오른 학의 울음소리만 가끔 들리자 처용은 빙긋이 웃으며 노래를 시작했다.

- 가을바람에 홀로 쓸쓸히 시를 읊는다.
- 만 리 밖 고향 생각에 눈물이 흐르지만 나 이제 더는 눈물 흘리지 않으리.
- 내 아픈 가슴을 술 한 잔으로 부여잡고 당신의 품으로 달려가리.
- 세상에는 나를 알아주는 이 없네.
- 어찌 세상이 날 알아주기를 바라나 나 이제 큰 뜻 펼쳐 세상이 날 보게 하겠네.
- 새벽 창밖에는 비가 내리는데
- 후드득후드득 빗소리 내 가슴을 깊이깊이 후벼 파네.
- 등불 앞 내 마음은 만 리 먼 곳에
- 내 몸은 장안 이곳에

처용의 노래가 끝난 후에 학 울음소리마저 그친 좌중은 고요했다. 이윽고 조금씩 감탄사가 쏟아져 나왔고 곧 환호성이 파도처럼 울려 퍼졌다.

"대단하다!"

"금규보다 못할 게 없지 않은가!"

"크고 청아한 목소리로 부르면서 호흡 한번 틀어짐이 없다!"

"처음 듣는 시가인데 정말 아름답소! 대단하오!"

여기저기서 쏟아지는 사람들의 찬사를 뒤로하고 처용은 조용히 무대에서 내려갔다. 표철이 무대 위로 뛰어오르더니 급히 소리쳤다.

"여러분들의 호응으로 결정된 이번 승부는 금규요!"

"뭔 소리냐!"

"금규의 노래도 좋았지만 처용의 노래도 뒤떨어지지 않는다! 미녀들을 불러 물어라!"

사람들의 격앙된 반응에도 아랑곳하지 않고 표철은 무대에서 내려가려 했다. 그때였다. 누군가 표철의 앞을 막아섰다. 바로 이원과 고공도였다.

"야 이놈아! 이숙 나리가 준 금이 그리도 좋더냐?"

장안에서 이름난 협객인 고공도를 마주한 표철은 어쩔 줄 몰라 하며 당황해했다.

"아, 아니 뭔 소리요?"

"뭔 소리? 푸핫! 너 방금 나한테 뭔 소리라고 했냐? 그럼 방금 내가 한 소리는 무슨 개뼈다귀 뜯어먹다가 이빨 부러지는 소리냐? 네놈의 귀는 대체 뭘 들은 거냐? 응?"

고공도가 표철을 몰아붙이며 다가서자 표철은 누가 난간 끝까지 몰리며 옴짝달싹도 하지 못했다. 표철은 고공도의 소매를 잡으며 급히 말했다.

"공도! 아니 고대인! 내가 자, 잘못했소! 그럼 미녀들을 불러 물어보리다!"

표철의 말이 떨어짐과 동시에 이숙과 그가 이끄는 무뢰배들이 누각 위로 몰려들었다. 이숙이 이원에게 손가락질을 하며 호통을 쳤다.

"네 이놈! 정정당당한 승부에 어찌 야료를 부리느냐!"

이숙이 호통을 치자 이원이 그를 비웃으며 답했다.

"정정당당한 승부에 표철 저자를 매수한 것이야말로 무슨 짓이냐? 고공도! 표철의 옷자락을 뒤져 보아라. 방금 이숙에게서 받은 황실 낙인이 찍힌 금병(金瓶)이 나올 것이니라."

그 순간 표철은 누각 아래로 몸을 날려 뛰어내렸다. 높은 곳이었기에 아래로 뛰어내리면서 표철은 발목을 삐고 말았다. 표철은 표정을 일그러트리며 쩔뚝거리면서도 사람들을 헤치며 허둥지둥 도망쳐 버렸다. 이원은 혀를 끌끌 찼다.

"꼬락서니 한번 추하군!"

이숙은 여전히 물러서지 않고 소리쳤다.

"네가 저자를 위협하여 쫓아냈으니 이 투가는 내 승리네!"

이원도 지지 않았다.

"누구 마음대로! 그럼 사람들에게 물어보지! 여러분! 이 승부를 미녀들에게 묻는 게 어떻겠습니까!"

사람들은 이구동성으로 소리쳤다.

"맞다! 미녀들에게 물어봐라!"

"정정당당하게 승부를 내어라!"

사람들의 목소리가 점점 커지자 이숙도 물러서지 않을 수 없었다.

"그래! 어디 한번 미녀들에게 물어보자! 그렇다고 해서 결과가 달라지는 일은 없을 거야!"

한참 뒤, 마회를 비롯한 열 명의 미인이 무대로 나왔고 표철이 도망갔기에 진행은 대신 고공도가 맡았다.

"그럼 손을 드는 것으로 하지! 먼저 금규의 노래가 좋다는 사람은 손을 들어라!"

그러자 모두 여섯 명의 미녀가 손을 들었다. 이를 본 이숙의 표정은 득의양양해졌다.

"이것 봐! 물어보나 마나잖아. 하하하!"

고공도는 그에 아랑곳하지 않고 계속 물었다.

"그럼 이제 처용의 노래가 좋다는 사람은 손을 들어라!"

이번에도 여섯 명의 미녀가 손을 들자 이숙은 당황해하며 소리쳤다.

"아까도 손을 들고 지금도 손을 든 년은 뭐냐!"

그 말에 마희가 표정 없는 얼굴로 앞으로 나섰다. 뜻밖에도 마희가 나서자 이숙은 발끈하며 소리쳤다.

"마희! 왜 그러는 거냐!"

마희는 표정 없는 얼굴을 들고 담담히 대답했다.

"실은 제가 시킨 일입니다. 사실 우리도 뭐라 결정을 내기 어려운 승부였습니다."

이숙은 발끈해서 발까지 구르며 마희에게 삿대질을 했다.

"넌 저 못난이 놈에게 뺨까지 맞지 않았느냐! 그런데 무슨 생각으로 이러는 것이냐!"

마희는 무대 사람들을 향해 몸을 돌려 시선을 맞추고서는 다소 날카로운 목소리로 크게 말했다.

"그래서 그나마 결정을 내리기 어려웠다는 것입니다. 사실 무대 뒤에서 다른 이들이 얘기한 바로는 처용의 노래가 조금 더 좋다고 하였습니다. 그러나 그 차이는 그리 크지 않았지요. 오히려 저는 처용

에게 좋지 않은 일을 당한지라 금규 님의 노래가 좋다고 했습니다만
……."

마희는 말을 끊고 표정은 그대로인 채 '호호호' 웃기 시작했다. 이 모습을 본 위홍의 표정이 왠지 모르게 굳어졌다. 마희는 자신을 주목하는 사람들을 하나하나 둘러보다가 힘을 주어 말했다.

"그렇게 갑론을박을 펼치다가 사실 저희끼리 뜻이 맞아 낸 결과가 있습니다……."

마희가 또다시 뜸을 들이며 더는 말을 하지 않자 조바심이 난 청중들이 소리를 치기 시작했다.

"그래 그래서 누가 우세냐!"

"어쩌겠다는 것이냐!"

마희는 차가운 표정으로 소리쳤다.

"이렇게 좋은 노래들을 이번 한 번만 듣고 끝낼 겁니까? 두 황실 어르신들이 건 상금의 두 배를 걸고 보름 뒤 재대결을 하는 것이 어떻겠습니까?"

마희가 내어놓은 뜻밖의 제안에 사람들은 환호성을 질렀다.

"거 좋다!"

"그렇게 하자!"

"이렇게 좋은 노래들은 꼭 다시 듣고 싶다!"

마희가 뜻밖의 제안을 하자 이원과 이숙은 다소 당황한 표정으로 사람들을 훑어보았다. 이원은 거의 가능성이 없다고 본 승부가 이렇게 결정이 되자 다소 들뜬 모습이었고 이숙은 제멋대로 결정을 내리

고 사람들에게 말하는 마희를 어쩌지 못해 화가 나 안달이 난 모습이었다. 그런 이숙의 모습을 뒤늦게 눈치챈 이원이 처용의 손을 이끌고 무대 앞쪽으로 나와 소리쳤다.

"나 이원, 그 제안을 받아들이리다."

그 말에 사람들의 환호성이 울려 퍼지자 이숙은 순식간에 억지로 내몰릴 수밖에 없는 처지가 되고 말았다. 이숙은 엉거주춤 앞으로 나서 답했다.

"까짓거 뭐가 대수야! 보름 뒤에 한 번 더 해보자! 자! 오늘 투가는 마쳤지만 모두 신명 나게 놀아들 보세나!"

사람들의 환호성 소리가 크게 울렸다. 그날 밤, 장안은 온통 음악으로 들썩였다.

4장

장안을 떠나다

1.

"으하하하하하 하하하하!"

늦은 저녁, 방시에서 가장 큰 주루 한가운데에는 이원, 처용, 위홍, 최치원, 고공도가 자리를 잡고 앉아 있었다. 그들은 술잔을 기울이며 지난 투가에 대해 신나게 얘기를 나누었다.

"이숙 녀석! 통이 큰 척 나중에 한 번 더해 보자고 했지만 크하하 하하하! 뒤늦게 무승부란 얘기를 들은 금규가 이숙에게 이렇게 얘기 했다는구먼! 시정잡배들과 그깟 노류장화(路柳墻花: 기생들을 길거리에 피어 쉽게 꺾을 수 있는 꽃으로 비유한 말)들이 어찌 궁정의 고급스러운 음악 을 알겠냐며 다시는 자신을 그런 곳에 부르지 말라고! 하하하하하! 그렇다면 누가 와도 다음 승부는 우리가 이길 것이 당연하지 않겠 나!"

이원의 말에 처용과 위홍, 고공도는 호기롭게 웃으며 술잔을 기울였다. 그 와중에 최치원만은 표정이 밝지 않았다. 위홍이 그런 최치원의 어깨에 손을 올려놓으며 웃었다.

"어허! 치원의 시로 처용이 노래하여 좋은 결과를 냈는데 왜 표정이 이리 어둡소이까?"

최치원은 억지로 웃음을 지어 보이며 술잔을 들었다.

"기쁜 날 표정이 어두워 죄송합니다. 실은 장안에서 이렇게 좋은 벗들과 술을 하는 날이 오늘 이후 한동안 없을 것 같아 기쁜 마음으로 술잔을 들 수가 없었습니다."

"무엇이라?"

"그게 무슨 말인가?"

다그치다시피 묻는 말들 속에 최치원은 천천히 술을 한 모금 마신 뒤 말을 이었다.

"다들 소문은 들어 보셨을 겁니다. 장안은 이리 평온하나 지금 장안 밖은 계속 난이 일어나 소란스럽습니다. 어쩌면 저 안녹산의 난 때처럼 언제 환란이 장안으로 들이닥칠지도 모를 일이외다."

"허!"

이원의 한탄 소리에 고공도가 어두운 표정으로 고개를 끄덕였다.

"그렇지 않아도 곧 황소의 반군이 장안에 들이닥친다는 흉흉한 소문이 계속 돌고 있습니다."

그 말에 최치원은 가볍게 한숨을 쉬었다.

"소문이 아니라 이대로라면 진짜 장안까지 난군이 들이닥칠 겁니다. 마침 이 난리를 막기 위해 양주에 주둔 중인 절도사께서 저를 막하로 두기 위해 불렀습니다. 저로서는 이 난세에 도움이 될 만한 기회더군요. 그래서 장안을 떠나기로 결심했습니다."

"허허! 그거 잘된 일이 아닌가!"

"이거 슬퍼해야 하는 게 아니라 축하해야 할 일이 아닌가! 어서 술잔을 한잔 받게!"

여기저기서 최치원에게 술잔을 권했지만 오직 처용만큼은 빙긋이 웃으며 가만히 최치원을 바라만 보았다. 최치원은 연거푸 석 잔의 술을 마시고 취하여 흥얼거렸다.

"벗들을 만나 이렇게 즐거웠는데 문득 떠나게 되어 아쉬움을 달랠 길이 없습니다. 감히 시 한 수를 읊어, 주신 술잔에 보답하려 합니다."

최치원은 목을 가다듬은 뒤 조용히 시를 읊었다.

- 그대여, 우리 오늘 만났으니 시나 읊고
- 더 큰 꿈 이루지 못한 건 한탄하지 말자.
- 다행히 봄바람이 우리를 길 맞이하리니
- 꽃피는 좋은 철에 계림에 도착하는걸.

최치원의 심금을 울리는 처량한 시에 이원과 고공도는 고개를 돌려 눈물을 훔쳤고 위홍은 고향 생각에 고개를 숙였다. 다만 처용은 빙긋이 웃음을 짓더니 최치원의 빈 술잔에 술을 부으며 물었다.

"이번 일은 치원님이 난을 평정하고 공을 세워 명예를 얻기 위함이 아니요?"

최치원은 약간 씁쓸한 웃음을 지으며 고개를 끄덕였다.

"예, 그런 것입니다."

갑자기 처용이 언성을 높였다.

"그런 것이라면 가지 말았으면 합니다!"

뜻밖의 말에 최치원은 물론 모든 이들이 처용을 바라보며 어리둥절한 표정을 지었다. 위홍이 말했다.

"자네 그게 무슨 소리인가? 치원이 그간 만리타향까지 와 글공부를 그렇게 열심히 한 게 다 이런 일을 하기 위함이 아니던가?"

처용은 약간 떨떠름한 표정을 짓고 있는 최치원을 그윽한 눈길로 바라보았다.

"난 치원 님의 시에서 혼탁한 세상과 어울릴 수 없는 여린 마음을 느꼈습니다. 왜 치원 님은 거친 길로 둘러 가는 것이오?"

최치원은 이맛살을 찌푸릴 뿐 아무런 얘기도 하지 않았다. 최치원의 표정이 밝지 않자 이원이 짐짓 처용을 탓하며 나섰다.

"이 사람 취했구먼! 큰일을 하러 가는 사람에게 왜 쓸데없는 소리를 하나! 어서 술이나 더 마시게!"

그럼에도 처용은 최치원에게 하는 말을 멈추지 않았다.

"저와 함께 자연을 노래하며 세상을 떠도는 건 어떻습니까? 치원 님은 그렇게 사는 것이 좋다고 저는 생각합니다!"

최치원은 처용을 살짝 외면하며 자리에서 조용히 일어나 사람들에게 길게 읍(揖)을 하며 마지막 인사를 했다.

"내일 새벽에 길을 떠나니 더는 술자리를 길게 가져가지 못하고 갑니다. 훗날 다시 뵈었으면 합니다."

최치원이 아쉬운 표정을 남기며 몸을 돌리자 처용이 애달픈 소리로 외쳤다.

"가지 마시오! 우리와 함께 노래합시다!"

최치원의 발걸음이 잠깐 멈칫하는가 싶더니 어느덧 그의 뒷모습은 사람들의 시야에서 사라지고 없었다. 처용은 품속에서 피리를 꺼내 들더니 느릿한 가락을 연주해 최치원이 가는 길을 전송해 주었다.

2

"내일은 드디어 투가를 하는 날이군! 이숙 그 녀석은 아직도 금규를 다시 끌어들이지 못해 안달이 났다지? 하하하!"

최치원이 장안을 떠난 지도 보름이 다 되어가는 날. 늘 그래 왔듯이 이원은 춤과 노래에 빠져 처용, 위홍과 어울려 대낮부터 술을 마시고 있었다.

"내가 들은바 장안 가까이 황소의 반군이 몰려 왔다는데 이렇게 태연자약하게 있어도 되는지 모르겠네."

위홍의 말에 이원은 껄껄껄 웃으며 손을 내저었다.

"방금 조정 사람에게 들었는데 곧 크게 군사를 내어 도적들을 모두 병탄할 거라 들었네. 우리야 그런 것 따위 걱정하지 말고 술이나 먹음세. 허허허."

그렇게 술판이 한창 벌어지고 있는데 고공도가 문을 벌컥 열고 들어와 소리쳤다.

"황숙! 이러고 있을 때가 아니요! 빨리 천자를 따라 장안을 벗어나야 합니다!"

다급해 보이는 고공도와 모습을 보고서도 이원은 느긋한 태도로 답했다.

"무슨 말이 그리 앞뒤가 없는가? 천천히 말해 보게."

고공도는 다시 급히 말을 하려다가 너무나 숨이 찬 나머지 가슴을 두들긴 후 소리쳤다.

"천자께서 장안을 빠져나갔소이다! 곧 황소가 도적들을 끌고 장안에 들어올 것이외다!"

"뭐…… 뭐라?"

이원과 처용, 위홍은 멍한 표정으로 고공도를 바라보았다. 순간 느닷없이 이원이 크게 웃으며 고공도에게 술잔을 내밀었다.

"이 친구 이거 괜히 장난으로 이러는구먼! 깜빡 속을 뻔했네!"

고공도는 술잔은 거들떠보지도 않으며 발을 굴렀다.

"농담이 아니외다! 어서 서두르시오! 황소는 황실 사람들을 미워해 눈에 띄면 그 자리에서 도륙을 낸다 하오! 빨리 짐을 꾸려 피하시오!"

그제야 고공도의 말이 진짜임을 이해한 처용과 위홍은 피난 짐을 꾸리기 위해 방으로 달려갔다. 방금 전까지만 해도 태연자약했던 이원은 털썩 주저앉아 벌벌 떨고만 있었다.

"이보게······. 정말 천자께서 장안을 빠져나간 건가? 그럼 어디로 간 건가?"

"정말이오! 사람들이 말하기를 서천으로 간다 하더이다."

"뭐라! 서천? 허!"

그제야 이원은 떨리는 목소리로 하인들을 불렀다.

"게 아무도 없느냐! 서둘러서 짐을 꾸려라!"

그러나 대부분의 하인은 이원을 놔둔 채 도주한 지 오래였다. 이원은 남아 있는 늙은 하인 하나를 붙잡고 매달렸다.

"아니 이보게! 다들 어디로 간 건가? 응?"

하인은 이원의 손을 뿌리치며 말했다.

"황소는 황실과 관련된 사람은 개 한 마리, 닭 한 마리도 살려두지 않는다고 합니다. 주인 나리를 모실 수 없음을 이해해 주십시오!"

남은 하인마저도 떠나 버리자 당황한 이원은 어찌할 바를 모르고 발만 동동 굴렀다. 그 사이 얼마 안 되는 짐을 다 꾸린 위홍과 처용은 이원을 보고 크게 닦달했다.

"뭐 하는 건가! 천자의 행렬이 이미 장안을 빠져나갔다면 지금 서둘러도 늦은 걸지 모르네!"

이원은 멍하니 하늘을 보다가 넋두리를 했다.

"내 집과······ 내 이 많은 재물을 놓아두고 떠나자고? 차라리 목숨을 잃는 게 낫지 않겠나······."

"어허! 목숨을 잃으면 재물은 소용없는데 그 무슨 바보 같은 말인가!"

위홍이 이원의 어리석음을 지적했지만 이원은 위홍의 말을 전혀 귀담아듣지 않았다. 처용이 위홍의 어깨를 토닥거리며 앞으로 나섰다. 그리고는 이원에게 공후를 건네주며 말했다.

"재물? 우리에게는 음악이 있는데 그런 것에 집착하면 무엇하겠나? 헛되이 목숨을 잃으면 음악도 없네!"

이원은 공후를 받아 들고서는 한참 동안 움직이지 않았다. 이윽고 이원의 눈에서 눈물이 주르륵 흘러내렸다.

"그래, 가세! 음악을 데리고 장안 밖으로 어서 나가세!"

3.

피난민들의 행렬 속에서 이원과 위홍, 처용, 고공도는 사람들에게 떠밀리다시피 하며 보따리 하나씩을 울러 맨 채 느릿느릿 장안성 밖을 빠져나가고 있었다. 해 질 녘에 가랑비마저 내려 피난행렬은 더할 나위 없이 처량하기만 했다.

"이래서 언제 천자의 행렬을 따라잡을꼬!"

이원이 한숨을 푹푹 쉬자 처용이 구슬픈 가락으로 피리를 불었고 위홍이 노래를 불렀다.

– 단비가 때맞추어 내리니,
– 봄은 오고 만물은 싹 트네.

- 밤에 스며들 듯 바람을 타듯

- 가랑비 소리 없이 만물을 적시네.

- 들길도 구름을 따라 어둡거늘,

- 강가에 뜬 배, 호롱불만 밝게 비치네.

- 새벽에 붉게 젖어 물든 곳은 어디인가!

- 금관성에는 꽃송이가 활짝 피었을 텐데!

두보의 시 구절을 가볍게 노래하는 위홍의 노랫소리와 처량한 피리 소리에 피난을 가던 사람 중 몇몇은 눈물을 훔쳤다.

"모두 멈추시오! 멈추시오!"

매우 먼 앞쪽에서부터 울려 퍼지는 사람들의 고함에 처용의 피리 소리는 뚝 끊기고 말았다. 잠시 후 앞쪽에서 갑주를 걸친 병사들이 말을 타고서는 피난민들 속을 헤치고 다니며 소리쳤다.

"황소 대장군께서 명하셨다! 누구도 장안성 밖을 나갈 수 없다! 돌아가라! 돌아가!"

피난민들은 웅성거리며 어쩔 줄을 몰라 했다.

"뭐야? 벌써 황소가 온 거야?!"

"이거 큰일이구먼."

사람들은 어쩔 줄 모르고 행렬을 멈춘 채 웅성거렸다. 얼굴이 새파랗게 질린 채 부들부들 떠는 사람도 있었고 심지어 실신하는 사람도 있었다. 병사들은 같은 말을 반복하며 돌아다녔는데 그 뒤로 붉은 술이 달린 높은 투구를 쓴 장수가 말을 타고 천천히 피난민들 사이를 다니며 굵고 낮은 어조로 외쳤다.

"대장군께서 아무도 해하지 말라 하셨으니 안심하고 집으로 돌아가라! 당의 국록(國祿)을 먹은 자도 두려워 마라! 오히려 새 조정에서 중히 쓸 것이다!"

"새 조정?"

"당 황실이 쫓겨 간 게 아니라 아예 망한 건가?"

피난민들은 머리를 갸웃거리면서도 병사들의 위협과 회유에 못 이겨 발걸음을 장안성으로 다시 돌렸다. 위홍과 처용, 고공도도 어쩔 수 없다는 듯 발길을 돌리려 하자 이원이 그들 앞을 막아서며 간청했다.

"여보게들, 나 좀 보시게! 난 꼭 장안성을 나가야겠네! 황족은 다 죽인다지 않는가!"

고공도는 혀를 끌끌 차더니 가로막는 이원을 지나쳐 가며 한마디를 던졌다.

"다른 사람이 듣겠소! 어디에건 꼭꼭 숨어 계시오! 난 방도를 좀 알아보고 오겠소이다."

이원은 바닥에 철퍼덕 주저앉아 엉엉 울며 발버둥을 쳤다

"저번 투가로 장안사람 태반이 내 얼굴을 알 터인데 숨어 있을 곳이 어디에 있겠냐! 난 이렇게 죽기 싫어! 아이고! 아이고!"

처용은 이원을 꼭 안으며 다독였다.

"공도의 말이 맞으니 들어야 하네. 여기서 이렇게 울고 있으면 황소의 군사들이 대번 잡아갈 것이야."

그 말에 이원이 깜짝 놀라 벌떡 일어서서 외쳤다.

"으응? 그것 안 되지! 일단 기루(妓樓: 기생이 있는 술집)에라도 가서 숨어 있는 게 낫겠네!"

4.

이원과 위홍, 처용은 장안 중심가에서 조금 떨어진 향신각으로 갔다. 그들은 텅 빈 향신각 외딴방에 숨어 앉아 부엌에서 겨우 찾아낸 식어 빠진 맨밥 한 덩어리를 세 개로 나누고서는 우걱우걱 씹어대었다.

"허 참! 철저하게 모조리 다 싸 들고 가 버렸나! 기루에 어찌 술 한 모금도 없고 이 모양인고!"

위홍이 크게 한탄하자 이원이 고개를 끄덕이며 한소리를 덧붙였다.

"난 속이 통통한 만두가 생각나네……."

그 소리에 위홍이 침을 꿀꺽 삼키면서도 허세를 떨며 말했다.

"까짓 저잣거리에 흔한 만두보다야 향긋한 연잎에 고이 싸서 구운 잉어를 먹으며 평안하게 시 한 수 노래한다면 소원이 없겠네."

"허허! 뭐니 해도 삶은 닭을 하나씩 먹고 술을 마시는 게 으뜸이지!"

처용이 조심스럽게 말했다.

"마희는 어디로 간 건가……. 괜찮은가……."

하지만 처용의 말은 위홍과 이원의 말에 묻혀 버리고 말았다. 그 순간 밖에서 인기척이 나자 그들은 먹던 밥을 급히 삼키며 몸을 숨길 구석을 찾아 허둥대었다.

"이원 공자님! 어디 계십니까?"

그 소리에 매우 놀란 이원은 몸을 숨길 곳을 찾아 허둥거렸다. 처용과 위홍이 귀 기울여 들어보니 고공도의 목소리였다. 위홍은 천장 아래 이불장으로 들어가려 대롱대롱 매달린 채 허우적거리는 이원의 허리춤을 잡고 다독였다.

"진정하게 진정해! 우릴 잡으러 온 사람이 아닐세!"

이윽고 들어온 고공도는 거친 숨을 몰아쉬며 품속에서 커다란 만두 세 개를 꺼내어 놓았다. 이원은 눈이 뒤집혀 만두를 덥석 잡더니 허겁지겁 먹었다.

"거 아까는 흔한 만두라더니⋯⋯."

처용은 이원을 보고 낄낄거린 후 만두를 들어 소중한 음식을 맛보듯 냄새를 음미하고 한입을 크게 베어 물었다. 위홍은 만두를 입안 가득히 넣고서는 고공도에게 물었다.

"우리가 여기 있는 건 어떻게 알았나?"

"집이 있는 곳이야 황소의 병사들이 여기저기 들락거리니 못 갈 것이고 갈 곳이라고는 주루나 기방밖에 더 있겠소? 그나마 주루는 사람들의 왕래가 잦으니 비어있는 기루 중 외진 곳에 숨어 있을 것이라 여겨 이리로 왔다오. 그리고 내가 이렇게 온 것은 장안을 빠져나갈 수 있는 길이 있기 때문이라오."

그 말에 이원의 눈이 동그래지더니 먹던 만두 속을 입에서 마구 튀기며 고공도에게 매달려서 소리쳤다.

"방법이 있는 것인가! 어서 가르쳐 주게, 어서!"

고공도는 만두속이 묻은 얼굴을 일그러트리면서 이원을 슬쩍 밀어낸 후 자리에서 일어섰다.

"황소 병사 중 내 동향 사람이 있어 부탁해 놓았다오. 오늘 밤 해시(亥時)! 그 시각 장안 동쪽 춘명문으로 가서 뻐꾸기 울음소리를 내면 지키는 병사들이 두말하지 않고 성문을 조금 열어 줄 것이외다! 그러면 뒤도 돌아보지 말고 서둘러 나가시오!"

말을 마친 고공도는 잠시 눈치를 보더니 멍하니 있는 이원을 두고 서는 처용과 위홍을 한구석으로 데리고 가 머리를 숙이고 속삭였다.

"그대들뿐이라면 굳이 장안을 위험하게 빠져나가지 않아도 되지 않소? 황소의 병사들은 이원만을 노릴 것이오. 그리고 내 사실은 그대들을 걱정하는 이의 부탁으로 온 것이외다."

위홍이 담담히 말했다.

"그대야 이원과 별로 인연이 깊지 않지만, 나는 이원에게 받은 호의가 있어 그를 버릴 수 없소. 그가 아니었다면 장안의 하루하루가 적적해 견딜 수 없었을 것이오."

처용도 한마디를 거들었다.

"저 역시 비천한 저를 동등한 술친구로 대해준 이원을 위험한 곳에 그냥 둘 수 없습니다."

고공도는 고개를 끄덕이며 가볍게 한숨을 쉬었다.

"먼 길을 가려면 여비가 많아야 하는데 그래 어디 여비는 두둑하오?"

위홍이 내키지 않은 투로 가볍게 답했다.

"여비고 뭐고 빠져나갈 일이 아득하외다. 너무 걱정하지 마시오! 뭐 어떻게든 되지 않겠소! 허허허."

고공도는 허리춤을 뒤지더니 은전이 가득 든 주머니를 보여주었다.

"아니 이게 뭐요?"

"사실 이곳에 있던 마회가 그대들에게 이걸 전해달라며 내게 부탁을 해왔소. 옛날에 황소가 과거 낙방 후 이곳에서 술을 마시다가 관리들에게 두들겨 맞으며 모욕을 당하는 걸 보고 웃은 적이 있어 자신은 살아남기 힘들 거라며 꼭 장안에서 도망쳐 나가야 한다고 말이오."

"허허허! 그런 모습을 보고 웃었다니 과연 마회답군! 그렇다면 당연히 같이 가야 하지 않소!"

처용은 호쾌하게 웃었지만 위홍의 표정은 밝지 않았다.

"우리끼리도 도주하기 힘들 텐데……."

위홍은 이맛살을 찌푸리며 고개를 흔들었다. 고공도는 주머니를 내려놓으며 뒤로 물러섰다.

"데리고 가라는 게 아니오. 그대들이 무슨 힘이 있겠소? 그대들에게 솔직히 말하리다. 난 마회에게 큰돈을 이미 받았고 앞으로도 마회가 원하는 데로 호위하면 나중에 더욱 큰돈을 받기로 약조를 하였소! 이번에 마회가 부탁한 일은 위홍과 처용 그대 둘을 데리고 장안을 빠져나가자는 것이었소. 그대들이 이원을 데려가야 한다고 하니 그 일은 나중에 마회에게 말해야겠소. 마회 역시 해시에 성문 앞으로 올 것이니 그리 아시오!"

그 말에 위홍은 더욱 인상을 찌푸렸다. 처용은 그런 위홍을 의아하다는 듯이 바라보았다가 말했다.

"결국 마희가 우리를 달고 다니는 모양새로군! 제 한 몸 돌보기도 힘든 난리 중에 이렇게 고마운 일이 있나……."

고공도는 피식 웃은 후 몸을 돌려 달려가며 소리쳤다.

"나중에 다시 만납시다!"

고공도가 서둘러 가 버린 후 슬그머니 다가온 이원이 그의 뒷모습을 보며 무슨 말을 나누었는지를 위홍에게 물었다. 위홍은 마지못하겠다는 투로 말했다.

"마희가 굳이 우리와 같이 장안을 빠져나가겠다고 하네."

얘기를 다 들은 이원은 크게 손사래를 쳤다.

"우리도 어려운데 혹을 달고 다니자고! 에잉!"

처용이 웃으며 이원의 손을 잡았다.

"마희가 우리를 구해준 것이네. 고맙게 여겨 주시게나."

이원 역시 위홍처럼 인상을 잔뜩 구긴 채 아무 말도 하지 않았다.

5.
"이봐, 해시가 되지 않았나? 왜 종을 치지 않는 거야? 고공도와 마희 그 년은 또 어디 있고?"

춘명문 근처 숲에 몸을 숨긴 채 밤바람에 몸을 떠는 이원은 코를 훌쩍거리며 이를 딱딱 부딪쳤다. 촐싹대는 이원과는 달리 처용과 위홍은 조용히 기다릴 따름이었다.

"보시오~ 이보시오."

멀리서부터 나직이 고공도의 목소리가 들려오자 위홍이 조용히 일어서 손을 흔들었다.

"공도! 여기로 오오."

이윽고 고공도와 마희가 다가왔는데 마희는 헝클어진 머리에 얼굴에는 숯을 잔뜩 칠하고 남자 옷을 입은 모양새였다. 이원은 혀를 끌끌 차며 달갑지 않다는 투로 중얼거렸다.

"장안을 들썩이게 하던 향신각의 마희가 어쩌다가 저 모양이 됐누? 쯧쯧쯧……. 그래 이숙이란 놈은 어쩌고 여기 와서 살려달라고 하는 거냐?"

마희는 미간을 살짝 찌푸린 채 옷섶으로 입을 살짝 가리며 고개를 숙인 채 말했다.

"이원 공자……. 당신은 어찌 아직도 살아 있소? 소문에 이숙 공자는 오늘 황소의 병사들에게 잡혀 목이 잘려 죽었다고 합디다. 누가 말하길, 하필 날이 덜 선 칼을 든 황소의 병사가 이숙 공자의 목을 내려쳤다지 뭡니까? 칼이 안 드니 내려치고 또 내려치고 피가 사방에 튀며 목이 반쯤 잘린 이숙 공자가 비명을 지르며 사방을 뒹굴고 그걸 잡아다가 창으로 찍으니 배가 갈라졌다는데 그걸 제가 못 보고 여기 있는 게 참 안타깝습니다!"

"그만해라 이년! 그냥 죽었다 하면 될 것을 뭘 그리 말하느냐!"

이원이 새파랗게 질려 소리를 질렀지만 자신의 얘기에 취한 마희는 다소 섬뜩해 보이는 웃음을 살짝 지었다. 마희는 손을 부들부들 떠는 이원을 보며 차디차게 말했다.

"이원 공자, 당신도 그리 끝이 아름답지는 못할 겁니다. 내게 한 짓을 왜 모른 척 외면하고 있습니까? 내가 여기서 말하오리까?"

이원은 벌컥 화를 내었다.

"아니 그런데 이 년이! 말이 너무 버릇없구나! 뭔 말이건 할 테면 어디 해 보거라!"

이원이 펄펄 뛰는 사이 해시를 알리는 종소리가 울렸다.

"자! 어물대지 말고 모두들 갑시다!"

고공도가 앞장서고 그 뒤를 위홍, 처용, 마희, 이원이 졸졸졸 따라나섰다. 고공도가 어설프게 뻐꾸기 울음소리를 내자 성문을 지키는 병사가 알아서 살짝 열린 성문 틈으로 그들을 보내어 주었다. 성문을 벗어난 일행은 안도의 한숨을 내쉬며 성문을 돌아보았다. 그때였다.

"이봐 너희들! 거기 잠깐 서 보아라!"

수문장이 성벽 위에서 소리를 지르며 아래로 내려가기 위해 모습을 감추는 것이 금방이라도 일행을 잡고 쉽게 놓아주지 않을 기세였다. 멍하니 서 있는 위홍, 이원, 처용, 마희를 향해 고공도가 소리쳤다.

"저놈 말 들을 거 없소! 뛰시오!"

위홍이 마희의 손을 낚아채어 달리기 시작했고 처용과 이원이 허우적거리며 그 뒤를 따랐다. 고공도가 철괴를 꺼내 든 채 그들의 뒤를 따르며 소리쳤다.

"그쪽이 아니라 왼쪽! 왼쪽으로 가시오! 거기 비탈길로 내달려야 하오!"

수문장이 다른 성문지기 병사들을 거느리고 창을 들고 뛰어나오는 것이 보이자 고공도는 그를 향해 철괴를 겨누며 소리쳤다.

"어이! 보내줬으면 그만이지 왜 부르느냐!"

수문장은 손가락질하며 고공도에게 소리쳤다.

"네놈들 중 하나가 장안거리에서 자주 보던 황족이 아니냐? 그놈은 그냥 보내줄 수 없다! 그놈을 잡는다면 너 역시 대장군에게 큰상을 받을 텐데 어리석게 굴지 마라!"

수문장은 고공도를 향해 창을 들고 점점 다가왔고 고공도는 철괴를 힘껏 꼬나 잡았다. 수문장이 창을 내어 지르자 고공도는 철괴를 비켜 들어 창을 쳐서 흘려보냈다. 고공도는 재빠르게 수문장의 앞으로 바짝 붙더니 철괴 자루로 그의 명치를 쿡 찔렀다. 순간적으로 숨이 막힌 수문장은 그 자리에 주저앉았다. 그 틈에 고공도는 몸을 돌려 달아나기 시작했다. 병사 중 하나가 소리쳤다.

"활을 내어 저놈을 쏘아 죽여라!"

활을 가진 병사 두 명이 황급히 화살을 재우고 시위를 당겨 고공도에게 쏘았다. 화살 하나는 훨씬 못 미쳐 떨어졌지만 또 하나의 화살은 고공도의 귓전을 스쳐 지나갔다. 고공도는 동료들이 내려간 비탈길로 허위적거리며 내려갔다. 정신을 차린 수문장과 병사들은 여전히 고공도의 뒤를 쫓고 있었다.

"공도! 여기요 여기!"

고공도가 급히 옆을 돌아보니 이원이 마희와 함께 나무에 올라가 있었다.

'어리석긴! 거기 올라와 있으면 오히려 잡히기 쉽겠구먼! 저놈들을 다른 곳으로 유인해야겠군.'

고공도는 이원과 마희를 무시하고 달려갔다. 명치를 맞은 후 창에서 짧은 칼로 바꿔든 수문장의 뜀박질이 굉장히 빨라 이젠 거의 위홍을 따라잡을 지경이었다. 순간 숨어있던 처용이 수문장의 옆에서 달려들었다. 수문장이 나동그라지자 뒤돌아선 고공도는 철괴로 수문장의 머리를 내려치려 했다. 처용을 뿌리친 수문장은 칼을 놓고 고공도의 허리를 잡은 채 뒹굴었다. 그 바람에 고공도는 철괴를 놓쳐버리고 말았다. 수문장은 고공도를 깔고 앉아 품속에 간직한 단검을 꺼내려 했다.

"처용! 저기 칼을 잡아! 빨리 이 자를 찌르시오. 어서!!"

힘을 다해 수문장의 양손을 저지하며 고공도는 소리를 질렀다. 칼을 주워든 처용은 바닥에 누운 고공도와 수문장을 보며 엉거주춤 칼을 겨누었다. 뒤늦게 멀리서 달려오는 병사들과 처용 뒤에 있던 위홍은 마음을 졸이며 이를 바라보았다.

"어서 찔러! 어서!"

위에서 내리누르는 수문장의 완력에 팔이 점점 밀리자 고공도는 비명과도 같은 소리를 질러대었다. 그러나 처용은 칼을 겨눈 채 갈등했다.

'사람을 찌르라고? 어찌 그럴 수 있겠는가? 하지만 이대로라면 내 친구들이 모두 잡혀 죽을지도 모른다.'

처용은 칼을 잡은 손에 힘을 주었다. 처용의 손은 부르르 떨릴 뿐 칼을 앞으로 내어 지르지 못했다. 힘이 빠진 고공도는 안간힘을 다해 수문장을 밀었다. 수문장은 살짝 힘을 빼는 척하다가 다시 있는 힘을 다해 단검으로 고공도를 내려치려 했다. 그와 동시에 처용도 칼을 쥔 팔에 힘을 주고 앞으로 내질렀다.

"앗!"

처용이 지른 칼은 수문장의 몸을 비켜나가 단검을 쥔 손을 건드렸다. 그 바람에 수문장은 단검을 놓치고 말았다. 위홍은 바로 단검을 주워 수문장의 옆구리를 깊숙이 찔렀다.

"으악!"

칼이 옆구리에 박힌 채 수문장이 쓰러지자 병사 한 명은 성문으로 달아났다. 남은 한 명은 수문장을 구하기 위해 칼을 뽑아 들고 다가왔다. 고공도는 철괴를 주워 병사에게 겨누고서는 뒷걸음치며 소리쳤다.

"처용! 어서 도망가세!"

칼에 맞은 수문장을 구하기 위해서인지 아니면 혼자라 버거웠는지 병사는 그들을 뒤쫓지 않았다. 나무에서 내려온 이원, 마회와 함께 처용과 위홍은 지칠 때까지 달리고 또 달렸다.

6.
"여기는 어디요?"

처용, 위홍, 이원, 고공도, 마희가 장안을 벗어난 지 어언 한 달.

그들은 행여나 황소의 병사들을 만날까 두려워 험한 길을 선택해 숨어다녔다. 행여 사람이 보이면 이를 피해 더욱 외곽을 둘러 때로는 산속에 며칠간 은둔해 있으면서 외딴길로 방향을 잡았다. 그 바람에 처용 일행은 며칠 동안 길을 잃고 말았다. 그들은 산속을 헤매며 인가는 물론이거니와 길을 지나가는 그 누구도 만날 수 없었다. 양식이 떨어져 산속에서 먹을 것을 구하며 버티던 처용 일행은 산속에서 우연히 나무꾼과 마주칠 수 있었다. 그들은 살았다는 안도감에 크게 소리를 친 후 나무꾼에게 길을 물었다. 나무꾼은 처용 일행의 행색을 쓱 둘러보았다. 분명 빛깔 좋은 옷을 걸치고 있으면서도 상당히 더러워진 꼴에 나무꾼은 묘한 이질감을 느꼈다.

"여긴 낙양에서 조금 떨어진 포양골이라는 궁벽한 곳이라오. 그런데 뭐 하는 사람들인데 행색이 이렇소?"

"그동안 겨우 낙양을 지나왔다니."

이원이 한숨을 푹 쉬며 주저앉았다. 그 옆에 있는 마희는 넋이 나간 사람처럼 무표정하게 서 있었다. 나무꾼은 그들을 지나쳐 버리려고 했으나 위홍이 그의 소매를 잡고 느닷없이 간청했다.

"부탁이오! 당장 먹을 것이 필요하외다. 돈은 넉넉하게 드릴 테니 따뜻한 밥 한 끼만 주시오!"

모양새도 마음에 들지 않는데 막무가내로 도움을 청하는 그들의

태도에 나무꾼은 영 내키지 않는 투로 퉁명스럽게 말했다

"허 이거 왜 이러시오? 나도 집에서 나와 이제 막 산으로 올라와 일해야 하는 참인데 어찌 그런 짬이 나겠소?"

위홍이 이원에게 돈주머니를 꺼내라는 뜻으로 눈짓을 했지만 이원은 멀뚱히 먼 산만 바라볼 뿐이었다. 나무꾼이 발걸음을 옮기자 고공도가 이원에게 달려들어 그의 허리춤에 있는 돈주머니를 잡아챈 후 은화를 꺼내어 나무꾼에게 흔들었다.

"보시오! 은전 세 닢이면 충분하지 않소?"

위홍이 은전을 건네자 나무꾼은 그것을 받아들고 고개를 갸웃거리며 되물었다.

"이걸 어디에다 쓴단 말이오?"

산골에서 곤궁하게 살아 은화를 잘 모르는 나무꾼이 머리만 갸웃거리자 위홍이 혀를 차며 일러주었다.

"어허! 그걸 당장 포목상에 갖다 줘 보시오! 당장 비단 한 필도 더 끊어 줄 것이외다."

"비…… 비단 한 필도 더?"

나무꾼은 깜짝 놀라 들고 있던 도끼를 떨어트렸다.

"그러니 그것으로 먹을 것도 사고 우리 옷과 신발도 좀 구해주시오! 그래도 충분히 답례는 남을 것이오."

하루 일해 먹고 살기도 힘들었던 나무꾼으로서는 눈이 휘둥그레질 수밖에 없는 돈이었다. 그 길로 나무꾼은 그들을 자신의 집으로 데려다 놓은 후 신이 나서 외쳤다.

"당장 먹을 것은 콩밖에 없지만 내 곧 나가서 좋은 쌀과 고기, 그리고 술도 가져오겠소. 잠시만 기다리시오."

나무꾼이 나가자 고공도가 조용히 중얼거렸다.

"여기 있는 음식만 먹고 한시라도 급히 길을 떠나야 할 것 같은데 굳이 저자를 밖으로 내돌려도 될까 모르겠소이다."

이원이 그 말에 화를 버럭 내었다.

"그동안 우리가 먹은 게 대체 뭔가! 잘 먹은 것이 산에서 도토리를 주워 굽고 뱀을 잡아다가 굽고, 개구리를 잡아다 먹고! 굶기는 다반사요, 처용 자네 말만 듣고 사람이 먹기 좋다는 풀만 뜯어 먹다가 내 똥구멍이 다 막혔네! 이제 오래간만에 고기와 술을 대하게 되었는데 뭘 그리 초를 치는 소리를 하는가! 콩이나 구워서 주워 먹으며 기다리기나 하게!"

뜻밖에 이원이 열을 내자 고공도는 머쓱해하며 이원을 달래었다.

"공자님의 말씀이 맞습니다. 기다려야죠."

그러나 그것도 잠시, 이원은 기다리기 지쳤다며 다시 끙끙 앓는 소리를 해대었다.

"이거 배고파 죽겠는데 왜 이리 오지 않는 건가? 나무꾼 놈이 다 떼먹고 도망이라도 친 거 아닌가!"

이원은 구운 콩을 주워 먹다가 화를 버럭 내며 일어섰다. 처용은 구운 콩을 먹느라 시커멓게 된 입가를 문지르며 씩 웃었다.

"제가 보기에는 그럴 사람 같지는 않네. 낙양성이 여기서 좀 떨어져 있다 하지 않았나? 이것저것 장을 보려면 지체될 것이네."

그래도 이원은 좀처럼 진정하지 못하고 이곳저곳을 서성거리다가 소리쳤다.

"그래! 우리 노래나 불러보세! 무겁다고 가져오지 않은 내 공후도, 번거롭다고 가져오지 않은 위홍의 향비파도 없는 이곳에 처용의 대금소리만이 우리의 노래를 살릴 수 있겠구나! 어서 불러보게, 어서!"

피난길에 오른 후 이원의 이런 말과 요구는 짜증이 날 정도로 매번 반복된 것이었지만 그때마다 처용은 인상 한번 찌푸리지 않았다. 처용은 대금을 꺼내 들어 입에 물고서는 이원의 노래가 시작되기만을 기다렸다.

- 강이 푸르니 새는 더욱 희고
- 산이 푸르니 꽃은 불타는 듯하네!
- 올봄도 이렇게 그냥 보내니
- 어느 날이 돌아갈 해인가?

이원은 두보의 시구를 노래하며 주책없이 꺼이꺼이 울었다. 옆에 힘없이 쭈그려 앉아 있던 마희는 그럴 때마다 이원을 보며 인상을 잔뜩 찌푸렸다.

"안 죽은 걸 다행으로 여겨야지! 황소가 장안에 남아 있는 황족들을 모조리 찢어 죽였을 텐데 이렇게 살아 나가는 걸 천운으로 알고 그만 질질 짜요! 이 어리석은 왕족 나부랭이!"

마희의 독설이 작렬하자 이원은 고양이 앞의 쥐처럼 움츠러들며 울음도 뚝 그쳐 버렸다. 알 수 없게도 이원은 마희의 말에 겁까지 집어먹으며 꼼짝을 못하고는 했다.

"저기 오는 게 그 나무꾼 아니오?"

나무꾼은 큰 보따리를 하나 짊어지고 힘차게 집으로 오고 있었다. 처용과 위홍, 고공도가 마중을 나가 나무꾼의 짐을 내려 주었다.

"수고 많았소이다!"

"허허 뭘 그러시오. 서로 좋은 일인데."

처용 일행은 나무꾼이 가져온 음식을 펼쳐놓고 정신없이 먹기 시작했다. 어느 정도 배가 불러오자 위홍이 나무꾼에게 낙양성 안 분위기를 물었다. 나무꾼은 가볍게 대꾸했다.

"낙양으로 곧 조정의 병사들이 들이닥칠지도 모른다는 소문이 돌고 있지만 그리 심각한 분위기는 아니라오. 하지만 황소의 기세가 꺾이긴 확실히 꺾였다오. 얼마 전에는 왕족으로 보이는 행렬도 지나갔는데 호위무사들의 기세가 무섭다고 황소의 병사들이 건드리지 못했다는 얘기도 들었소."

나무꾼은 잠시 뜸을 들이다가 마희를 힐끗 쳐다본 후 이원에게 말했다.

"그런데 그런 큰 재물을 가지고 있으면서 왜 낙양성에 직접 가지 않고 날 시켜 음식과 옷을 가져오게 한 것이오?

"아 그야……. 우리는 몸이 불편한 사람도 있고 해서 도저히 더 갈수가 없으니 그런 거 아니요."

위홍이 가볍게 받아넘기자 나무꾼은 더는 의문을 제기하지 않다가 불쑥 말했다.

"사실은 낙양성에서 누가 그렇게 산속으로 음식과 여러 옷가지를 가져오게 하느냐고 물어보는 사람이 있어서 나도 한번 물어보았소."

그 말에 이원의 안색이 변하며 자리에서 급히 일어섰다.

"모두 서두르자! 이건 분명 우리를 쫓는 자의 말이다. 어서 여기를 떠나야 해!"

그 말에 처용과 위홍은 느긋하게 등을 깔고 누운 후 트림까지 하며 중얼거렸다.

"왜 그리 서두나? 곧 해도 지는데 오늘 밤은 여기서 자고 가세."

"그리하오. 이곳은 밤에 함부로 다닐 수 있는 곳이 아니오. 이곳 들짐승은 무섭다오."

나무꾼도 말렸지만 이원은 위홍과 처용의 팔을 잡아끌어 일으키며 서둘렀다.

"이럴 여유가 없소! 마희도 어서 서둘러라!"

이원은 투덜거리며 일어섰고 나무꾼은 도망치듯 빠져나가는 그들을 멍하니 바라보았다. 마희가 소리쳤다.

"정황을 보니 혹시 왕족들을 구하러 찾아 나서던 사람들일 수도 있지 않겠소?"

이원은 마희의 말을 들은 척 만 척 가장 먼저 앞서 달려나갔다. 그렇게 그들은 한참 동안 빠른 걸음으로 나아갔다. 쉴 만한 곳에서도 이원은 쉬지 않고 미친 듯이 발걸음을 재촉했다.

"아, 좀 쉬자! 왜 이리 서두르는 거야!"

결국 위홍이 이원을 못마땅한 눈초리로 쳐다보며 소리쳤다. 이원은 거친 숨을 몰아쉬며 고개를 흔들었다.

"몇 번이나 얘기하지만 우리에 대해 꼬치꼬치 캐물었다는 것부터가 조심해야 할 일이네!"

"그렇다고 쫓아오는 사람도 없는데 이렇게 서두를 필요가 있냐고!"

이원은 대답 대신 손가락을 들어 먼 곳을 가리켰다. 그곳에는 사람 키만큼 자란 풀숲이 보였다.

"모두 저기를 봐! 저기 멀리 풀숲이 움직이는 게 보이나?"

"뭐가?"

위홍은 시큰둥하게 대답하고서는 고공도가 가리키는 곳을 보는 둥 마는 둥 했다. 이원은 답답해하며 손을 휘휘 저었다.

"관두자! 어서 가!"

가장 뒤처져 있던 마희가 소리쳤다.

"난 더 못 가! 여기 언덕배기가 물기도 없고 좋구먼! 여기서 쉬자고!"

이원은 숨을 살짝 몰아쉰 후 차근히 말했다.

"저기 풀숲이 흔들리는 게 안 보이냐고! 나도 분명히 봤네만 아까부터 거리를 두고 오는 것이 분명 우리를 쫓는 이들일세!"

고공도가 머리를 긁적이며 조심스럽게 말했다.

"아니 그렇다고 해서 우리가 이렇게 서두를 필요가 있겠습니까? 우리를 덮치려 했다면 진작 그랬겠죠."

이원은 가슴을 치며 소리쳤다.

"아니라니까!"

결국 참지 못한 마희가 악에 받친 듯 버럭 소리를 지르고 말았다.

"야, 이 멍청한 황족 어르신아! 아무도 안 쫓아오니 쉬어가자! 무딘 칼날에 모가지가 덜 떨어진 것 같은 사람하고는!"

"뭐야! 어허!"

이원은 혀를 끌끌 차면서도 마희에게 꼼짝 못 하며 다른 이들을 쳐다보았다. 이원은 내심 다른 이들이 자신에게 호응해 주기를 바랐지만 위홍은 이미 짐을 풀고 땅바닥에 누워 있었다. 고공도는 마희에게 다가가 부축을 했고 처용은 이원을 바라보며 싱긋 웃어 보였다.

"내가 지켜 줄 테니 쉬고 가세."

이원은 처용을 못 미더운 눈으로 보면서 털썩 땅바닥에 주저앉고 말았다.

7.

풀벌레 소리가 가득 찬 어두운 밤, 사람들은 깊은 잠에 빠졌다. 불안해하는 이원을 달랜 후 처용은 마른 자리를 찾았고 다른 이들과는 조금 떨어진 곳에 자리를 잡았다.

한밤중, 꿈조차 꾸지 않을 정도로 깊게 잠이 든 처용의 곁으로 누군가가 몰래 다가왔다. 처용은 자신의 몸을 살며시 더듬는 손길을 느끼며 잠에서 깨었다.

"쉿!"

처용을 깨운 것은 마희였다. 마희는 처용의 귓가에 입술을 바짝 댄 채 속삭였다.

"다른 사람 깨지 않게 저리로 따라와요."

처용은 잠결에 비틀거리면서도 다른 사람들이 깨지 않게 조심스레 일어나서 마희가 손짓한 곳으로 갔다. 마희는 달빛이 잘 비치는 바위 위에 앉아 밝게 웃고 있었다. 처용은 그 모습에 순간 잠이 후딱 달아나고 말았다.

'마희가 웃어?'

처용은 이상하다는 생각을 하며 마희의 얼굴을 유심히 보았다. 달빛에 반사된 마희의 얼굴은 환하게 빛나고 있었다.

"그동안 아껴 두었던 분을 발라봤어요."

처용은 마희의 옆에 앉아 잠시 어쩔 줄을 몰라 하다가 조심스럽게 말했다.

"대체 무슨 일이오?"

마희는 웃음기를 거두고 왠지 과장된 표정으로 화난 표시를 내었다.

"예쁜 여자가 야심한 밤에 남자를 불러내었는데 그 정도 눈치도 없으신가요?"

아무리 마희가 예쁘다 해도 자기 입으로 그런 말을 하는 게 웃겨 처용은 자신도 모르게 '큭' 소리를 내고 말았다. 처용은 급히 사과했다.

"아 미안하오."

순간 마희의 입술이 처용의 입술을 덮쳤다. 처용은 너무 놀라 양손을 위로 번쩍 든 채 마희에게 입맞춤을 당해야 했다.

"사과는 이렇게 하는 겁니다."

마희는 놀라 굳어버린 처용의 몸을 부드럽게 껴안았다. 양손을 든 채 마희에게 안겨 허우적거리던 처용의 손은 점점 마희를 끌어안기 시작했다. 처용은 어느덧 마희의 몸에서 나는 향내에 깊이 빠져들고 있었다. 둘은 무너지듯 땅바닥으로 누웠다.

한참 동안 무아지경으로 서로를 더듬는 손길 속에서 마희는 조용히 말했다.

"우리 떠나요. 고공도가 나와 처용을 안전하게 데려가기로 약속했으니 믿고 가면 돼요."

옷이 반쯤 벗겨진 채 마희는 자신의 품 안에서 가쁜 숨을 몰아쉬고 있는 처용에게 속삭였다. 처용은 크게 심호흡을 하고 물었다.

"왜 나죠?"

마희는 낮게 웃었다.

"처용……."

처용은 자신도 모르게 몸을 움찔거렸다.

"처용아……. 편하게 이렇게 부르고 싶어."

처용은 마희에게서 조금 떨어진 후 웃었다. 마희는 처용에게로 바싹 다가가 귀에 대고 속삭였다.

"처용, 널 내 곁에 두고 싶어."

처용은 마희의 말에 다소 떨리는 목소리로 답했다.

"마희, 나도 그대와 함께 있고 싶소. 당신은 내가 품은 첫 여인이라오."

마희는 키득거리며 물었다.

"날 지켜 줄 거지? 평생 내 곁에서 노래해 줄 거지?"

처용은 난감하게 중얼거렸다.

"그건 어렵구려. 참 느닷없는 말이오."

그 말에 마희는 간드러지게 웃었다. 처용의 말은 계속되었다.

"갑자기 내게 이러는 건 나와 내 친구들 사이를 벌어지게 하려는 속셈이 아니오?"

마희는 어느새인가 웃음기가 완전히 사라진 얼굴로 되돌아와 있었다.

"생긴 것과 다르게 눈치가 빠르군."

마희는 처용에게서 완전히 몸을 떼었다. 처용은 벌떡 일어났다.

"난 지금 아름다운 당신에게 빠져들었소. 하지만 난 친구들과 멀어지지 않을 것이오. 그대가 날 이용하려 들었지만 난 전혀 불쾌하지는 않으니 오해하지 마시오."

마희는 서늘한 표정으로 처용에게 말했다.

"이용? 다른 남정네들은 기루에 있을 때 날 떠받들어 줬지만 막상 피난길에서는 날 짐짝 취급했지. 하지만 처용 당신은 그러지 않았어! 그래서 당신이 제일 믿을 만하다고 여긴 거야. 그런데 당신은 날 경멸하고 있군."

마희는 점점 처용에게서 멀어져갔다.

"난 당신과 같이 가고 싶어……. 하지만 당신은 날 거부하는군. 지금부터 난 죽던 살건 당신들을 뒤쫓는 자들에게로 갈 거야. 위홍과 이원, 그들은 역겹지만 난 당신만큼은 역겹지 않고 오직 사랑스러워서 같이 있고 싶었어. 그 길이 죽음이라도 말이야! 처용, 당신……
. 아니 너는 방금 잘못된 선택을 한 거야. 그런데도 난 처용 널 사랑
해."

처용은 고개를 흔들었다.

"난 친구들을 버리지 않을 것이오. 지금 헤어져 다시 만나지 못한
다 해도 그대를 잊을 수 없을 것이오. 그것이 무척 마음이 아프다오.
어두운 밤길 조심히 가시오."

마희는 고개를 흔들며 몸을 돌렸다.

"사랑을 믿지 못하는 당신은 어리석어."

8.

"허 이런! 고공도와 마희가 사라졌네! 우
리를 버린 거야! 어서 일어나게!"

가장 먼저 일어난 위홍이 이원과 처용을 서둘러 깨웠다. 그들을 뒤
쫓는 추격자들이 두려웠기에 셋은 일어나자마자 거의 달리다시피 발
걸음을 재촉했다. 그 와중에 처용은 간밤의 일을 떠올렸다.

'마희……'

처용은 너무나 갑자기 왔다가 너무나 허무하게 가 버린 첫 여자 마
희가 자꾸만 떠올렸다. 잠깐 쉬어가는 와중에 이원이 위홍과 처용의
눈치를 보며 말했다.

"난리가 끝나간다고 하니……. 발길을 다시 장안으로 돌리는 게 어

떤가?"

이원은 지친 기색이 역력했다. 위홍은 고개를 힘없이 좌우로 흔들며 소리쳤다.

"난 신라로 돌아갈 것이네!"

처용과 이원을 좌우에 두고 가운데 앉은 위홍의 말은 단호했다.

"자네들이 어디로 가건 난 고향으로 돌아가겠네. 솔직히 난 신라로 돌아가기 싫었지만……. 지금 당나라는 더 싫네."

이원과 처용은 한동안 아무 말도 하지 않았다. 한참 뒤 처용이 넌지시 위홍에게 말을 건넸다.

"신라는 네 말대로 정말 살기 좋은가?"

위홍은 피식 웃은 후 답했다.

"산이 많아 땅은 험하나 여기저기 풍경이 아름답고 물산이 다양하니 당나라에서도 한때 탐을 내어 군대를 수차례나 보낸 곳이 아닌가. 게다가 서라벌은 장안 못지않은 곳이네! 내 글공부는 많이 하지 못했지만 장안에서 보고 듣고 배워 해본 음악 가락으로 신라에서 노래로 유명한 대구화상 못지않게 서라벌을 주름잡아 볼 생각이야!"

처용이 이에 찬성하며 말했다.

"허허허……. 자네를 따라 배운 신라 말도 능숙하니 불편할 것이 없네. 나 역시 신라로 가고 싶다네."

위홍은 고개를 끄덕였다.

"자네 같은 벗이 신라로 같이 가면 좀 좋은가! 조금만 고생하세! 등주까지 가면 신라 당항성까지 가는 배편이 있다네. 그걸 타면 신라까지는 금방일세!"

처용은 빙긋이 웃으며 이원을 돌아보았다. 이원은 멍한 표정으로 하늘을 올려다보고 있었다.

"이원 자네는 황족이니 등주까지 가면 거기서 알아 모시지 않겠는가?"

위홍이 넌지시 이원을 떠보았지만 이원은 쉽게 말문을 열지 않다가 한참 뒤 엉뚱한 말을 꺼냈다.

"내 음악 말일세."

"그래."

"신라에서도 통할까?"

"그럼!"

처용이 위홍보다 먼저 호탕하게 답했다. 위홍이 잠시 틈을 주다가 이원에게 말했다.

"그렇다네. 자네의 음악은 어디를 가나 통할 거네! 허나 신라에 가면 더는 황족 취급은 받지 못함을 염두에 둬야 하네! 오히려 신라왕실의 피가 흐르는 내가 더 나을지 모르네. 하하하."

"허 그놈의 황족."

이원은 입맛을 쩍쩍 다셨다.

"황족이라는 칭호 때문에 이 땅에서는 내 음악이 한낱 잡기(雜技)로 받아들여진 게 애석하기 그지없네. 내 신분을 모르는 곳에서 정당한 평가를 받고 싶네."

"그렇지! 자네도 신라로 갈 텐가?"

"가보지 까짓것! 이렇게 된 거 새로운 세상구경이나 한번 다녀 봐야겠네!"

위홍은 잔잔히 웃으며 손을 양옆으로 펼쳐 처용과 이원의 손을 마주 잡았다.

"그러세! 어서 신라로 가세! 우리 노래라면 능히 서라벌을 주름잡을 수 있을 걸세!"

9.

처용과 위홍, 이원이 난리를 피해 장안을 떠난 지 여섯 달이 지났다.

한때 장안을 화려하게 주름잡던 처용, 위홍, 이원의 몰골은 말이 아니었다. 온종일 굶는 일은 다반사였고 풀뿌리를 캐 먹다가 셋 모두 배탈이 나 길바닥에서 물똥을 질질 흘리며 다닌 일조차 있었다. 그래도 처용 일행은 무엇을 먹을 수 있다는 사실 하나만으로도 감지덕지해했다. 그들이 흔히 보는 광경은 길거리에 굶어 쓰러져 죽은 사람들이었기 때문이었다.

"아! 깨가 촘촘히 박힌 호병이 먹고 싶다……."

마지막으로 버섯을 캐어 먹고서 굶은 지가 이틀째, 이원은 아무도 물어보지 않은 음식 얘기를 혼자 중얼거리고 했다.

"자글자글 양고기를 고아 맑은 술 한잔을 곁들여 먹으면 캬아!"

"그만 좀 하게!"

위홍은 잔뜩 짜증이 난 목소리로 이원을 윽박질렀다.

"그런 말로는 주린 배를 채우기는커녕 속만 더 쓰려지네!"

그만하면 될 것을 이원도 지지 않고 악을 쓰고 소리를 질렀다.

"아, 내 입으로 내가 떠드는데 자네가 무슨 상관이야! 은화가 있지만 사방이 굶주리니 어디서 뭘 사서 먹을 수도 없고! 은화를 씹어 먹을 수도 없고! 아! 쫄깃쫄깃 모락모락 만두가 먹고 싶구나! 아! 푸짐한 돼지 통구이가 먹고 싶구나! 아!"

"그만 하라니까 이 자식이!"

결국 위홍과 이원은 길 한복판에 멈춰 서서 나무토막같이 마른 팔뚝을 휘두르며 싸웠다. 처용이 그런 위홍과 이원을 가운데 두고 빙빙 돌며 춤을 추었다.

"아이고 좋네! 맛난 것을 말하다가 싸우는 두 친구의 모습이 얼씨구나 보기 좋구나!"

허기가 져 제대로 서 있을 힘도 없었던 위홍과 이원은 금방 숨을 헐떡인 채 싸움을 멈추고 길바닥에 털썩 주저앉았다.

"욕할 힘도 없네. 어휴"

이원은 씩씩거리며 아직도 춤을 추고 있는 처용을 보았다.

"거 자네는 뭘 몰래 먹기라도 하는가! 춤출 힘이 남아돌아?"

처용은 춤을 멈추고 위홍과 이원을 번갈아 보더니 장난스럽게 떠들었다.

"내 춤으로 그대들의 싸움을 그치게 했으니 어찌 기쁜 일이 아니겠는가!"

"닥치게!"

"허허허……."

다시 힘겨운 발걸음을 한 발씩 떼어가며 길을 가던 세 명은 허름한 집 마당에 네 다리가 한 곳으로 묶인 돼지가 죽어 누워 있는 광경을 보게 되었다. 그들은 약속이나 한 듯 걸음을 멈추고 돼지를 바라보았다.

"잡아먹으려고 저러는 거겠지?"

위홍이 침을 꿀꺽 삼키고 말하자 이원 또한 침을 줄줄 흘리며 고개를 끄덕였다.

"저 돼지 꼴을 보니 당연히 그렇겠지!"

"고기 좀 나눠달라고 해볼까?"

"……."

위홍이 먼저 앞으로 달려가 허름한 가옥의 문을 두들겼다.

"계시오?"

안에서는 아무런 대꾸도 들리지 않았다. 뒤이어 달려온 이원이 뭘 그럴 게 있냐는 듯이 문을 확 열어젖혔다. 음침한 방안에는 가축을 잡고 해체할 때 쓰는 각종 칼과 도끼, 숫돌이 피가 묻은 채 널브러져 있었다. 이원은 '크하하하' 웃은 뒤 칼 하나를 집어 들어 허리춤에 찬 후 문을 닫아버렸다.

"아무도 없으면 이 돼지는 누구 거다?"

위홍도 활짝 웃으며 이원의 손을 잡았다.

"누가 오기 전에 저놈을 들고 가세!"

이원과 위홍은 돼지가 묶인 나무기둥을 앞뒤로 각각 들고 있는 힘을 다 짜내어 비틀거리는 걸음을 옮겼다. 그 광경을 본 처용이 길을 막고서는 만류했다.

"여보게들, 주인이 있는 걸 그렇게 막 들고 가는 건 옳은 일이 아닐세."

"배고파 눈알이 뒤집힐 판에 도덕군자 나셨구먼! 도와주지 않을 거면 비키게!"

이원과 위홍은 처용을 밀쳐내고 힘을 합쳐 돼지를 들고 빠른 걸음으로 갔다. 처용이 쫓아가 위홍을 잡고 간곡히 말했다.

"이 돼지를 잡으려 한 자도 배가 고팠을 터인데 우리가 이러면 되겠는가. 솔직히 사정을 얘기하고 음식을 얻는 게 좋을 성 싶네."

"거 참 고지식하군! 자네는 가서 불 지필 땔감이나 주워 오게!"

"허! 난 이 돼지를 안 먹겠네! 이건 도리가 아닐세."

"도리가 밥 먹여주나 얼어 죽을."

이원과 위홍은 다시 돼지를 들고 바삐 발걸음을 옮겼다. 그들을 등진 처용은 가볍게 한숨을 쉰 후 덩실덩실 춤을 추고 가락을 흥얼거리며 땔감을 주우러 나무가 우거진 숲으로 갔다. 숲에 들어선 처용은 나무를 부러뜨려 주워 모으다 말고 하늘을 올려다보았다가 다시 고개를 내렸다. 그 순간 처용은 머리가 핑 돌며 현기증을 느꼈다. 너무나 굶은 탓이었다.

'허 이런.'

처용이 몸을 추스르려 하면 할수록 눈앞은 새카맣게 변해갔다. 처용이 가까스로 정신을 차리고 깨어났을 때는 얼마만큼 시간이 지났는지조차 알 수가 없었다. 처용은 대충 땔감거리를 주워 모은 후 자신을 기다리고 있을 친구들을 찾아갔다가 순간 얼어붙고 말았다. 엄청난 덩치에 묶지 않아 헝클어진 머리를 하고 덥수룩한 수염을 길렀으며 코는 뭉개져 없었고 눈빛은 짐승처럼 번뜩이는 자가 널브러져 있는 위홍과 이원을 멀리 둔 채 도끼를 갈고 있었다. 그 광경을 본 처용의 머릿속에서 장안의 호사가들에게서 들은 얘기가 생각났다.

'산동에는 서동굉이라는 유명한 강도가 있네. 팔척장신에 힘은 장사고 사람을 잡아 강도질을 하고 목숨을 빼앗아 인육을 먹는다네. 그놈을 사람들이 잡으려 했는데 칼과 몽둥이를 든 장정 십여 명을 맨손으로 때려죽이고 자신은 코를 잃었다네. 그 이후로 코 귀신이라고도 불리지! 요즘은 돈을 받고 사람을 죽이는 일을 하기도 한다네.'

처용은 몸을 낮추고 서동굉의 주위를 유심히 보았다. 처용은 이원의 주위에 핏기가 있는 것을 보고서 심장이 마구 뛰었다.

'제발! 무사해야 해!'

순간 가래가 가득 낀 듯한 서동굉의 말소리가 울려 퍼졌다.

"에이! 살도 없는 게 도끼날만 나가게 하네!"

서동굉의 머리 위로 무엇인가가 휙 던져져 몸을 낮추고 있는 처용 앞에 툭 떨어졌다. 그것을 본 처용은 입에서 비명이 터져 나오는 걸 꾹 참아야만 했다. 그것은 사람의 손이었다.

'이건 공후를 타던 이원의 오른손!'

처용은 두려움을 뒤덮는 분노로 눈이 뒤집혔다. 처용은 바닥에 널

브러진 녹슨 식칼을 주워들고 서동굉의 등 뒤로 마구 달려가 그를 있는 힘껏 찔렀다. 어찌나 세게 찔렀던지 식칼이 반 정도 등에 박혔는데도 서동굉은 소리조차 지르지 않고 천천히 뒤를 돌아보며 으르렁거리듯 말했다.

"뭐야…… 이 날파리 같은 놈이!"

처용은 다시 식칼을 뽑아내지 못한 채 뒤로 주춤거렸다. 서동굉은 날이 선 도끼를 처용에게 겨누었다.

"네 이노옴!"

처용은 두려워 황급히 물러서려 했지만 몇 걸음 가지 않아 다리에 힘이 빠져 주저앉고 말았다. 서동굉이 도끼를 들고 처용에게 몇 걸음을 옮기자 퍽! 하고 둔탁한 소리가 울려 퍼졌다.

어느 사이엔가 일어선 위홍이 큼직한 돌을 던져 정확히 서동굉의 뒤통수를 맞춘 것이었다. 서동굉은 뒤통수를 잠시 어루만지더니 고개를 휙 돌려 이번에는 위홍에게 마구 달려갔다.

"으아아악!"

위홍은 비명을 지르며 도망쳤다. 서동굉이 등을 돌리자 처용은 황급히 손에 잡히는 대로 돌을 던져 서동굉의 뒤통수를 정확히 두 번 연달아 맞추었다. 두 눈이 시뻘겋게 달아오른 서동굉은 몸을 돌려 처용에게 미친 듯이 달려갔다. 처용이 도망가자 다시 위홍이 돌을 던져 서동굉의 등을 맞추었다.

"이놈들! 모조리 죽여 버리겠다!"

서동굉은 마치 앞이 안 보이는 사람처럼 도끼를 마구잡이로 휘두르며 사방을 헤집었다. 그러더니 갑자기 거세게 기침을 하며 얼굴이 사색이 되기 시작했다.

"커헉! 컥컥! 켁!"

서동굉은 목을 움켜잡고 앞으로 푹 꼬꾸라져 팔다리를 버둥거리더니 다시 움직이지 않았다. 처용은 비틀거리며 중얼거렸다.

"어찌 된 거야?"

위홍은 기어오다시피 처용에게로 달려가 손을 내저었다.

"저거 분명히 죽은 거 맞지?"

위홍은 서동굉의 몸뚱이를 보며 부들부들 떨었다. 처용은 그런 위홍을 안아 진정시키며 물었다.

"원이는? 이원은 어디에 있나?"

위홍은 처용의 가슴에 얼굴을 파묻으며 떨리는 손으로 먼 곳을 가리켰다. 처용은 그곳을 보며 자기 눈을 믿을 수 없었다. 그곳에는 배가 갈라진 채 피투성이가 되어 죽은 이원의 시체가 놓여 있었다. 처용은 그 광경을 넋 나간 듯이 보고 있다가 헛구역질을 하며 울었다.

10.

"장안에서 그토록 숱한 여인을 홀렸던 원이가 이렇게 덧없이 죽을 줄이야."

간신히 이원의 시체를 수습해 작은 돌무덤을 만든 처용과 위홍은 부둥켜안고 이원을 생각하며 울었다. 위홍은 붉은 생고기가 입에서

반쯤 튀어나온 채 그대로 방치된 서동굉의 시체를 가리키며 부들부들 떨었다.

"저놈이 원이를 죽여 배를 갈라 간을 먹었네! 먹은 것이 목에 걸려 숨이 막혀 죽은 것이니 원이가 우리를 구한 것이나 다름없네!"

처용은 침통한 표정으로 고개를 끄덕거렸다.

"원이가 이토록 참혹하고 허무하게 죽다니 인생이 덧없네! 신라에서는 이토록 참혹한 일이 없겠지……."

처용은 한숨을 쉬며 말을 이었다.

"친구를 잃었다는 분노로 난 사람을 해치려 했네. 참으로 가혹한 일이야!"

처용은 통곡하기 시작했다. 위홍은 쓴웃음을 지었다.

"신라에서 이런 일이 벌어질 일은 만무하지. 분명 당나라보다 살기도 좋은 곳이야. 허나……. 그 좋은 곳을 두고 수많은 신라 청년들이 당나라까지 유학을 오는 이유를 자네는 뭐라고 생각하는가?"

처용은 잠시 생각해 보더니 금방 고개를 갸우뚱거리며 되물었다.

"글쎄……. 뭔가?"

위홍이 쓸쓸하게 웃었다.

"분명 신라는 당에 비해 평화롭고 살기 좋은 곳이네. 허나 나 같은 왕실 귀족이 아닌 이들은 아무리 똑똑해도 가진 재주를 능히 펼칠 수 없는 곳이 신라일세. 당은 비록 혼란스럽고 난리가 많으나 재주만 있다면 서역인, 토번인(티베트인), 선비족 등을 가리지 않고 쓰지 않나? 그러니 뜻이 있으나 핏줄을 타고나지 못한 이들이 당으로 가는 걸세. 바로 최치원이 그렇지!"

"허!"

처용이 탄식을 내뱉었다.

"그렇다면 위홍, 그런 것은 당에서 배워간 이들이 신라로 돌아가 그렇게 세상을 바꾸면 되지 않겠나?"

"허허허 바꿔? 자네는 역시 신라에 대해서는 아무것도 모르는군."

위홍은 옷소매를 툭툭 털며 등을 돌렸다.

"신라는 변화가 없는 답답한 곳이네! 학식이 깊다 해도 권력을 가진 사람들에게 밉보이지 않아야 낮은 벼슬자리라도 하나 얻을까 말까 한 형편이네. 뭐 나야 공부에 뜻을 잃어 이젠 자네와 함께 신라에 노래를 부르러 가니 별 상관도 없는 얘기군! 어쨌거나 막상 신라로 돌아갈 때가 되어가니 마음이 답답하네."

처용이 위홍의 어깨를 툭툭 치며 위로했다.

"자네의 말속에는 뭔가 알 수 없는 무거움이 있군. 신라로 가거든 이를 떨쳐버릴 수 있도록 우리 실컷 노래하세!"

위홍은 계속 씁쓸한 웃음을 머금으며 고개를 끄덕였다.

5장
신라로

1.

해안가 포구에 도착한 처용과 위홍은 바다를 바라보며 잠시 상념에 잠겼다. 바닷바람에 찌든 옷을 입은 어부가 지나가자 위홍은 급히 달려가 신라로 가는 배를 물었다.

"배? 없어. 게다가 언제 뜰지도 몰라."

위홍은 어부의 말에 망연자실하여 입을 벌린 채 서 있었다.

"요즘 난리가 일어났는데 누가 신라로 가는 배를 띄울 수 있겠어? 신라 배도 이쪽으로는 얼씬도 않아!"

"그럼 어디로 가야 신라 배를 탈 수 있습니까?"

위홍의 물음에 어부는 귀찮은 듯 귀를 후비다가 계속 자신만 응시하고 있는 위홍의 시선이 부담스러워 마지못해 답했다.

"남쪽 항주로 가보게. 거기라면 요즘도 신라 배들이 오고 가겠지."

"항주요? 그 먼 곳까지 또?"

위홍은 털썩 주저앉아 멍하니 바다만 바라보았다. 그와 조금 떨어진 곳에서 처용은 넋을 놓고 바다를 바라보고 있었다.

"하하하 위홍! 난 바다가 너무 좋다네. 바다가 이렇게 상쾌한 곳이라 이런 노래도 있나 보네!"

처용은 노래를 부르려다가 앞의 가사가 생각이 나지 않는지 가락을 흥얼거리다가 뒷부분만 유쾌하게 불렀다.

– 구름같이 높은 돛을 달고 푸른 바다를 건너겠노라!

그 순간 위홍은 울컥하여 소리쳤다.

"거 자네는 뭘 듣고 그런 노래를 부르는가! 배가 못 뜬다고 하지 않았나!"

위홍의 고함에 머쓱해진 처용이 조용히 고개를 돌렸다. 처용은 위홍의 눈치를 보며 아주 낮게 콧노래를 흥얼거리다가 어구를 정리하고 있는 어부에게로 다가가서는 손가락으로 작은 돌섬을 가리키며 물었다.

"이보시오. 저기 돌섬 근처에 떠 있는 건 뭐요? 저건 배 아니요?"

어부는 처용을 힐끗 보더니 고개를 한번 끄덕이고 모른 척했다.

"저 배는 왜 저렇게 있는 것이오?"

"저 배요? 사흘 전부터 와 있던 신라 배인데 관심 끄시오! 가까이 갔다가 화살에 맞아 죽을 뻔했소."

멀리서 그 소리를 듣고 위홍이 잽싸게 달려와 어부를 다그쳤다.

"신라 배라고! 그럼 아까는 왜 배가 없다고 한 거요?"

어부가 위홍을 흘겨보며 구시렁거렸다.

"다짜고짜 사람에게 화살이나 날리는 신라 배를 왜 가르쳐줘?"

위홍은 어부의 앞을 가로막고 집요하게 물었다.

"신라 배인지는 어떻게 안 겁니까?"

"여기서 어부 생활이 삼십 년째인데 배 윤곽만 봐도 당선인지 왜선인지 신라선인지 척 알지!"

"우린 신라 배를 타야 하오! 돈을 줄 테니 배를 저기까지 대주시오!"

"난 모르겠소. 괜히 저기 갔다가 죽기 싫으니 딴 사람에게 가보시오."

위홍과 처용은 여기저기 다른 어부들을 찾아 얘기를 해보았다. 그러기를 한 식경 정도 지났을까. 마침내 위홍이 활짝 웃음을 지으며 처용에게로 달려와 말했다.

"은화 열 닢이면 우리를 태워 내일 아침에 저 배까지 가겠다는 사람이 딱 하나 있었네."

"열 닢이라! 그건 우리가 가진 전부군! 허허허! 그런데 저 배가 여기에 배를 온전히 갖다 대는 것도 아니고 접근하는 이에게는 화살을 쏜다니 뭔가 이상하네."

"자네도 다른 어부들에게 얘기를 들었을 거 아닌가? 그 돈으로도 가지 않으려 하는 걸 내가 겨우 설득했다네. 어차피 저 배를 타지 않으면 결국 이 돈을 항주까지 가는 여비로 써야 할 판이네."

처용은 고개를 끄덕였다.

"그래, 저 배로 가보세."

2

파도가 잔잔한 다음 날 이른 아침.

처용과 위홍은 해안가에서 기다리고 있는 어부에게로 갔다. 어부는 답답할 정도로 천천히 은화를 세어 보았다.

"흠 열 냥이 맞구먼! 낄낄낄."

간밤에 마신 술이 덜 깼는지 아니면 아침부터 술을 마셨는지는 몰라도 술 냄새가 풀풀 나는 코 빨간 어부는 다섯 번이나 은화를 천천히 세어본 후 같은 소리를 되풀이했다. 그동안 위홍과 처용은 어처구니없다는 표정으로 이를 지켜봐야만 했다. 어부가 다시 돈을 세기 시작하자 보다 못한 처용이 손을 올려 위홍의 귀에다 대고 낮게 말했다.

"혹시 다른 사람은 정말 없던가?"

위홍이 처용의 손을 조용히 툭 치며 고개를 가로저으며 속삭였다.

"죄다 저 배로는 안 간다는데 어쩌겠어. 이렇게 된 거 한번 믿어보자고."

어부는 알 수 없는 노래를 흥얼거리더니 손짓을 하며 작은 배를 가리켰다.

"저기 타시오!"

위홍이 먼저 잽싸게 배에 올랐고 처용이 조심스럽게 흔들리는 배에 올랐다. 어부는 배를 저어가며 쉰 목소리로 노래를 엉망으로 불렀다.

– 배를 저어가자~ 어이야 어허 둥실 힘껏 저어가자 어이야 어허 둥실 용궁이 어디냐 알아도 그곳으로 저어 갈 수는 없구나!

위홍은 노래가 듣기 싫어 인상을 찌푸렸지만 막상 어부에게 노래를 그만하라고는 못했다. 행여 어부가 가지 않겠다고 하면 마땅한 대안이 없었기 때문이었다.

"이 보오!"

처용이 어부에게 힘껏 소리치자 어부가 노래를 그치고 대답했다.

"예!"

"내가 피리를 불 테니 들어 보시겠소? 허허허!"

처용은 품속에서 작은 피리를 꺼내어 불기 시작했다. 피리 소리는 은은하고 슬프기 그지없었다. 구슬픈 피리 소리가 절정을 이루자, 가뜩이나 술에 취해 있던 어부가 그만 감정이 북받쳤는지 어린애처럼 펑펑 울음을 터트렸다.

"어흐흐흐…… 어헝헝헝."

어부가 주책없이 울기 시작하자 위홍의 얼굴이 조금 일그러졌다. 어부의 울음소리가 아예 곡소리로 바뀌자 위홍은 죽은 이원이 생각나 기분마저 우울해졌다.

"아이고! 아이고오~ 이젠 더는 노래를 부를 수 없다네! 으어어엉!"

참다못한 위홍이 배 위에서 벌떡 일어나 버럭 소리를 질렀다.

"조용히 좀 하시오! 처용 자네도 이제 그만 하게!"

처용의 피리 소리는 그쳤지만 어부의 곡소리는 멈추지 않았다. 위홍이 제풀에 지쳐 털썩 주저앉는 순간 그의 머리 위로 화살이 바람을 가르고 '쎄액' 소리를 내며 지나갔다.

"헉!"

파랗게 질린 위홍의 짧은 고함과 함께 어부의 통곡은 쑥 들어가 버렸다.

"설마 저기서 여기까지 쏜 거야?"

위홍이 손을 벌벌 떨며 아직 거리가 상당히 떨어져 있는 배를 가리켰다. 그와 동시에 또 하나의 화살이 허공을 가르며 정확히 배를 향해 날아오는 것이 보였다.

"아이고!"

"엎드려라!"

몸을 뱃전으로 완전히 드러낸 채 허둥대던 어부는 처용과 위홍의 제지를 받고 낮게 몸을 엎드렸다. 두 번째 화살이 배에 훨씬 못 미쳐 바닷물에 '퐁' 빠진 뒤에도 그들은 감히 목을 내밀어 위를 내다볼 엄두를 내지 못했다.

"이렇게 된 거 이판사판이네!"

어부가 배 아래에서 술병을 꺼내더니 벌컥벌컥 들이키고는 노를 굳게 잡고 돛을 활짝 폈다. 그리고 배가 있는 곳으로 노를 힘차게 저어

나갔다. 배 위에서는 연이어 화살이 쉭쉭 날아들었다. 처용은 노래를 흥얼거리며 화살이 사람들에게 맞지 않기만을 기원했다. 위홍은 연실 소리를 질러대었다.

"야! 신라사람끼리 이러기야! 이러기냐고!"

처용은 위홍의 고함에 맞추어 큰소리로 즉석에서 노래를 지어 불렀다.

  - 당나라 사람이면 죽어 마땅하겠는가.
  - 신라 사람만 살아 마땅하겠는가.
  - 부처님은 살아있는 것들을 소중히 여기라 하셨는데
  - 사람이 사람을 함부로 해하는 건 어찌할꼬!

화살은 간헐적으로 날아오다가 위홍의 고함과 처용의 노랫소리가 계속되자 어느 순간부터 뚝 그쳤다. 자신감을 얻은 어부가 힘차게 소리쳤다.

"이제 더 안 쏘려나 보오! 신라 사람은 안 쏘는가 보네! 허허허!"

마침내 어부의 배가 신라 배 아래까지 다다르자 위홍은 목청껏 소리쳤다.

"난 신라 유학생이오! 난리를 만나 고국으로 돌아가려는 참이니 태워주시오!"

그러자 마치 기다리고 있었다는 듯이 배 위에서 동아줄이 주르륵 하고 내려왔다. 위홍이 그 줄을 냉큼 잡고 오르려 외쳤다.

"이제 우리는 신라로 가는 걸세!"

먼저 동아줄을 타고 배 위로 올라간 위홍은 뒤이어 올라오는 처용의 손을 잡고 힘차게 끌어올렸다.

"고맙소! 잘 가시오!"

처용은 떠나가는 어부를 향해 손을 흔들어 준 후 갑판 위를 둘러보았다. 그곳에는 활을 든 신라 사람들이 위홍과 처용을 우두커니 보고 있었다.

3.

"알아 뵙지 못해 정말 죄송합니다. 당나라 것들이 어부인 척 쪽배를 타고 다가와 해적질을 하는 걸 하도 당하다 보니⋯⋯."

선장은 위홍에게 정중하게 사과하고서는 처용을 힐끗 보았다.

"노래는 저분이 부른 것입니까?"

선장의 말에 처용이 크게 말했다.

"네! 제가 불렀습니다. 원하시면 언제든지 노래를 부르지요!"

선장은 처용의 말에 손뼉을 '딱' 치며 크게 좋아했다.

"아까 들었던 노래는 듣기는 좋았으나 중국말이라 알아듣지 못했는데⋯⋯. 신라 말이 참 유창하구려! 혹시 신라 노래도 아시오?"

처용은 조금도 망설이지 않고 답했다.

"내 신라 노래를 많이 알지는 못하니 여기서 신라 말로 지어 불러

드리리다!"

처용은 별로 생각하는 기색도 없이 손을 높이 들고 노래를 불렀다.

- 신라로 가는 배
- 내게 상처를 준 여인이 있고
- 소중한 친구를 묻어둔 당나라를 떠난다네.
- 그곳에서는 어떤 사연이 피어날 것인가
- 아아 설렘이 날 감싸는구나!

처용의 노래를 들은 선장과 선원들은 춤을 덩실덩실 추며 즐거워했다.

"그런데 이 배는 왜 이리 여기 오래 있는 것이오?"

선장은 춤을 멈추며 크게 한숨을 쉬었다.

"실은 기약 없이 온다는 왕실 사람을 기다리고 있습니다. 저희도 빨리 돌아가 뭍을 밟고 싶은 마음뿐인데 언제까지 기다려야 할지 모르겠습니다."

왕실 사람인 위홍은 혹시 자신이 아는 사람이 아닌가 싶어 되물었다.

"왕실 사람? 누군가? 나도 왕실 사람이니 날 태워 가면 될 일이 아닌가."

선장은 머리를 긁적이며 쓴웃음을 지었다.

"여자분이라고 했습니다. 게다가 신분을 증명할 옥패를 보여야 하니 어설프게 넘어갈 수 없습니다. 많은 보수가 걸린 일이기도 하고

요."

"허, 저런……! 설마."

위홍은 왠지 모르게 낯빛이 어두워졌다.

처용과 위홍은 그렇게 보름간을 더 배 위에 머물러 있어야만 했다.

기약 없이 기다리다 못한 선장은 마침내 결단을 내렸다.

"이대로는 다들 못 견딜 겁니다. 내일 당장 신라로 가야겠습니다."

처용과 위홍은 당연히 그 결정을 반겼다. 그때였다.

"저기 배가 오고 있습니다!"

선원들은 혹시 모를 해적의 습격에 대비해 활을 든 채 배를 응시했다. 가장 눈이 좋은 선원이 돛대를 타고 위로 올라가 멀리서 오는 배를 응시하더니 소리쳤다.

"활을 겨누지 마라! 용 깃발을 올리고 있다! 왕실 사람의 배다!"

처용과 위홍은 다가오는 배를 응시했다. 위홍은 수염을 쓰다듬으며 중얼거렸다.

"내가 아는 사람은 아니었으면 좋겠군."

처용은 위홍을 보고 씩 웃었다.

"왜 그렇게 생각하는가?"

"그냥 느낌이 그렇다네."

이윽고 배가 가까이 오자 처용과 위홍은 할 말을 잊고 말았다.

배 위에는 마회가 옥패를 선장에게 내보이며 무표정한 얼굴로 서 있었다. 아래에서 고공도가 외쳤다.

"여기서 다시 뵙는구려! 모두 신라로 잘 돌아가시오!"

고공도는 배 위에서 던진 금병을 받은 후 돌아갔다. 마회는 아무 말 없이 처용과 위홍을 노려본 뒤 선장의 정중한 안내를 받으며 선실로 들어갔다.

이틀 뒤, 배는 순풍을 타고 신라 당항성 항구로 들어섰다.

4.

당항성은 삼국시대 이래로 신라와 당나라가 교역하는 큰 항구였다. 최근 당나라가 어지러워지자 당항성으로 오고 가는 배가 끊기고 들어오는 물자도 크게 줄어 이곳 사람들은 다소 생기를 잃고 있었다. 이런 당항성에 오래간만에 사람들에게 즐거움을 주는 작은 변화가 생겼다.

"자 모이시오! 당에서 온 최고의 악사들이 아름다운 노래를 들려줄 것이오! 모이시오!"

신라에 온 이후로 마회는 아무 일도 없었던 것처럼 처용과 함께 노래를 부르며 돌아다녔다. 위홍은 그들과 어울리지 않았고 따로 다녔다.

당항성 장날이 되면 마회는 항상 울긋불긋한 옷을 입고 춤을 추며 돌아다녔다. 마회를 그냥 노래꾼으로 알고 있는 사람들은 흥겨워했지만 마회에 대한 소문이 퍼진 후 사람들은 이렇게 말했다.

"어허! 짓이 났군! 짓이 났어! 명색이 왕족인데 당나라에서 남자들에게 술을 따르며 노래를 불렀다지? 여기서는 춤바람, 노래 바람이 낫구먼!"

남들이 뭐라고 하건 마희의 표정은 흥겨움에 한껏 취해 있었다. 장안의 포사라 불렸던 무표정한 마희와는 마치 다른 사람 같았다. 그 광경을 조금 떨어져 지켜보는 위홍이 처용에게 말했다.

"난 마희…… 다른 이름이 있지만 마희라고 해 두세나. 마희를 신라에서부터 알고 있었다네. 자네에게 마희에 대해 미리 말하지 않아 미안하네. 사실 그동안 쭉 부끄러웠네."

처용은 싱긋이 웃었다.

"그냥 즐겁네. 그러면 된 거지! 찡그린 자네 얼굴을 보니 무섭도록 슬프네."

위홍은 처용에게 고개를 크게 가로저었다.

"솔직히 마희와 이렇게 엮이는 게 왠지 난 달갑지가 않네. 당나라에서 한 행동이 소문난 마당에 여기서 하는 행동도 대체…… 저게 뭔가!"

처용이 빙긋이 웃으며 중얼거렸다.

"그것이 저 여인의 매력이지."

위홍은 입을 딱 하니 벌리고선 처용의 어깨를 툭 쳤다.

"정신 차리게! 자네 마희에게 혹시 반한 게 아닌가? 자네도 저렇게 될까 두렵네!"

뒤에서 누가 뭐라고 하건 상관없이 마희는 노래를 불렀다.

– 백길 높은 누각에 오르니
– 손을 내밀면 별이라도 딸 것 같네.

- 큰소리로 아름다운 노래를 부르니
- 하늘이 놀랄까 두렵도다.

마희의 노래에 이어 처용이 노래를 불렀다.

- 두 손 모아 부르나니
- 고운 눈 하늘 바라보시며
- 아픈 마음 거두어 들이나니
- 모래에 흩어진 좁쌀을 주워라.
- 모래에 흩어진 좁쌀을 주워라!

여전히 시큰둥한 표정을 짓고 있는 위홍에게 처용은 노래를 부를 것을 권했다. 위홍이 하지 않겠다며 손사래를 치자 처용은 두 손을 번쩍 들어 올려 크게 실망하는 표정을 지으며 소리쳤다.

"마희가 달라졌다고 뭐라 말게! 당나라에서는 그렇게도 흥겨웠던 자네 아닌가! 어찌 신라에서는 이리 점잖을 떠는가!"

그 말에 위홍은 도저히 못 이기겠다는 듯 껄껄 웃으며 크게 노래를 부르기 시작했다.

- 당항성 바다를 등에 지고 신라 땅을 밟았네!
- 우리는 맹세했지 가슴속에 품은 노랫소리를 신라 땅에 울리리.
- 정든 친구 멀리 떠나보내어 이제 그 목소리 그리워지고

- 앙큼한 여인 사내 마음을 훔치려 드네!

- 이 몸 두어 노래하리니

- 신라여 즐겁게 춤추어라!

5.

처용과 위홍, 마희가 당항성에서 노래를 부른지 석 달이 지났다.

당항성에서 처용과 위홍, 마희의 인기는 코흘리개 어린아이부터 노인까지 모두 알 정도로 엄청났다. 처음에는 이들을 다소 못마땅하게 여기고 부담스러워했던 당항성 태수 금을도 처용과 위홍의 노랫소리에 심취해 장날마다 나와 이를 듣곤 했다.

"거 내가 노래 한 곡조 할 터이니 가락 한번 넣어 보오."

마희가 이렇게 말하면 처용의 피리와 위홍의 향비파가 어우러지며 그날 분위기에 따라 즉석에서 맞춘 음악이 흘러나왔다. 마희는 어떤 가락이 나오건 망설이지 않고 노래를 뽑아내었다.

- 그대 그렇게 나를 두고 가지 마오.

- 임은 결국 나를 두고 가셨네……

마희가 한참 심취해 노래를 부르는 와중에 사람들 사이에서 잠시 소란이 일어났다.

"물러서거라! 서라벌에서 온 전갈이다!"

장터 한가운데서는 관복을 차려입고 그 위에 엄심갑을 단단히 둘러입은 젊은 장수 하나가 등에 깃발을 꽂은 채 호령하고 있었다. 옆에는 얼굴이 얽은 스님 하나가 서서 사람들을 조용히 둘러보고 있었다.

"서라벌에서 온 전갈이다! 서라벌에서는 춤과 노래에 능한 자들을 모아 전에 없는 크나큰 잔치를 연다! 그리고 이런 자들을 신라뿐만이 아니라 어디서건 데려오는 자에게 큰 상과 벼슬을 내릴 것이니라! 이 전갈을 모든 사람에게 알려라!"

장수가 물러간 후 사람들은 너나 할 것 없이 처용, 위홍, 마희에게로 몰려들어 말했다.

"서라벌로 가시오!"

"이런 곳에 있기 아깝지 않소? 서라벌로 가시오!"

마희는 크게 웃으며 사람들에게 소리쳤다.

"그렇지 않아도 서라벌로 돌아갈 생각이었습니다! 여기 있는 위홍과 처용도 서라벌로 갑니다!"

갑작스러운 마희의 말에 사람들은 환호성을 보냈지만 위홍은 전혀 달가워하지 않았다. 위홍은 마희가 없는 틈을 타 처용에게 조용히 말했다.

"난 마희와 함께 서라벌로 가는 게 싫네. 어떻게 떼놓을 수 없겠는가?"

처용은 위홍의 태도에 난처한 표정을 지었다.

"이보게 위홍……. 마희는 장안을 빠져나오며 생사고락을 같이 한 사이이지 않나? 게다가 촌수를 따져보면 바로 자네 조카네. 그런데 왜 마희를 꺼리나?"

위홍은 무슨 말을 하려는 듯 입술을 열다가 소매를 탁! 떨쳤다.

"무슨 이유가 있겠나! 그냥 싫네! 이참에 오늘 밤에 마희 몰래 서라벌로 가세! 자네가 안가겠다면 나 혼자라도 가겠네!"

6.

이른 새벽에 일어난 처용과 위홍은 조용히 짐을 꾸려 방을 나섰다.

"무슨 죄를 진 것도 아닌데 이래야 한다니."

처용은 약간 투덜거리며 위홍을 따라나섰다. 목신(木神)이 모셔져 있는 마을 사당 어귀를 지날 때쯤 앞서 가던 위홍이 우뚝 멈춰 섰다.

"뭔가?"

"쉿!"

위홍이 재빨리 나무 뒤로 몸을 낮추자 처용 역시 얼떨결에 몸을 낮춘 뒤 위홍의 시선을 쫓아갔다. 그곳에는 마희와 한 스님이 나란히 별을 보고 서 있었다.

"…… 그리해서 서라벌로 모시러 제가 직접 왔습니다. 지난 일은 백배사죄합니다. 용서와 자비를 구할 따름입니다……."

호기심이 생긴 처용과 위홍은 숨어서 이를 지켜보았다. 스님의 얼굴은 달빛에 희미하게 비치어도 선명하리만큼 곰보 자국이 가득했다. 뭔가 날이 선 마희의 목소리가 나지막이 울리고 있었다.

"용서? 결국 용서만을 받고자 머리를 깎고 중이 되어 여기까지 찾아와 내 자비를 구하는 거냐? 너의 출가를 받아준 주지 스님부터 죄다 어이가 없구나."

곰보 스님은 차분히 답했다.

"자비를 베푸십시오. 진정으로 행복해지고 싶지 않으십니까?"

마희는 살기를 담아 곰보 스님에게 소리쳤다.

"참고 듣자 듣자 하니 웃기는 개소리만 하는군! 너 같은 인간이 부처를 모신답시고 내게 그런 소리를 해?"

마희는 칼을 뽑아들고서 곰보 스님의 목에 겨누었다.

"너 따위는 마마(천연두)로 끝나면 안 돼! 지금부터 네놈의 살점을 하나하나 도려내겠다!"

곰보 스님은 그대로 자리에 주저앉았다.

"그것으로 그대의 분이 조금이라도 풀린다면 그렇게 하시오."

마희는 주저 없이 곰보 스님의 팔에 칼을 휘둘렀다.

"으윽!"

곰보 스님이 신음과 함께 팔을 잡고 웅크리자 마희가 이를 비웃었다.

"마음대로 하라면서 칼이 조금 스친 것도 참지 못하는군! 허세를 부리더니 겨우 이 정도였나?"

마희가 다시 칼을 휘둘렀고 곰보 스님은 '악!' 소리와 함께 두 손바닥으로 얼굴을 감싸 안고 웅크렸다. 그 광경을 본 처용이 뛰쳐나가려 하자 위홍은 처용의 옷자락을 잡고 말없이 고개를 가로저었다. 처용은 고개를 돌려 위흥을 보더니 자신의 옷자락을 잡은 위흥의 손을 힘차게 뿌리쳤다. 그리고 벌떡 일어서서 크게 외쳤다.

"그만하시오!"

처용은 깜짝 놀라 멈칫거리는 마희에게로 달려가 칼을 잡은 팔을 움켜잡았다. 마희는 뜻하지 않은 처용의 등장에 놀라 그대로 잡힐 수밖에 없었다.

"사람을 죽일 참이오?"

"네가 무슨 상관이냐!"

마희는 소리를 지르며 잡힌 팔을 빼내려 했으나 처용은 마희의 팔에 멍이 들도록 손을 움켜잡고 칼을 빼앗은 후 멀리 내던져버렸다.

"네 따위가 뭘 안다고 끼어드는 거냐!"

마희가 처용의 몸을 밀치며 악을 바락바락 썼지만 처용은 차분히 그런 마희를 바라볼 뿐이었다. 그 사이 위흥은 이마 쪽을 움켜잡고 피를 흘리고 있는 곰보 스님의 상태를 살폈다.

"피가 많이 나는군. 스님을 안으로 모셔야겠네. 금방 갔다 오겠네!"

위흥이 곰보 스님을 부축하여 간 후, 처용과 마희는 별빛 아래에서 서로를 응시하며 말없이 서 있었다.

"너!"

마희는 손가락으로 처용을 가리키더니 바들바들 떨기 시작했다.

"너희! 날 두고 몰래 서라벌로 가려고 했나?"

처용은 차분한 어조로 답했다.

"그대를 두고 가려 한 건 사실이지만 사람을 해하려 하는 걸 그냥 두고 볼 수는 없었소."

"넌 그냥 가야 했다! 내가 감히 마음먹고 반드시 죽이고자 한 사람을 구해줬겠다! 이제 난 저자를 해칠 기회가 없어!"

마희는 이글거리는 섬뜩한 눈빛으로 처용을 바라보았다.

"서라벌에서 있을 투가(鬪歌)에서 반드시 최고 자리에 올라라! 그냥 서라벌에 있으면 넌 이원처럼 비참하게 죽을 것이다. 투가에서 승리해 최고자리에 오르면 네가 나에게 무엇을 요구해도 다 들어주마! 원하는 대로 날 품고 싶다고 해도 들어줄 수 있느니라! 어떠냐?"

처용은 그런 말에도 '허허' 웃었다.

"그대가 무슨 수로 날 죽이겠다는 건지 모르겠지만 난 두렵지 않소. 그리고 난 아무것도 원하지 않소."

처용은 눈을 살짝 감으며 중얼거렸다.

"부디 마음속의 분노를 거두었으면 하오."

마희는 '깔깔깔' 하고 괴기스러운 웃음을 밤하늘에 끊임없이 날리며 처용을 획 등졌다. 마희가 소리쳤다.

"서라벌에서 다시 보자!"

6장
노래하라 춤을 추어라

1.
"마희는 갔는가?"

다친 곰보 스님을 방으로 데려다주고 온 위홍이 돌아와 묻자 처용은 조용히 고개만 끄덕였다. 위홍은 잠시 머뭇거리다가 말했다.

"오다가 웃음소리를 들었네."

처용은 또다시 조용히 고개를 끄덕였다. 처용의 머릿속에는 마희의 괴기스러운 모습만이 꽉 차 있었다. 위홍은 뒷말을 한참 동안 잇지 않다가 덧붙였다.

"본시 마희가 정상은 아니었지만 이젠 숫제 미쳐버린 게 틀림없네
……. 다신 만나는 일이 없었으면 좋겠어."

처용은 위홍의 말은 들은 척 만 척 한 채 생각에 잠겼다.

'그 아리따운 얼굴 뒤에 그토록 야차(夜叉)같은 모습이 있을 줄이야! 그 여자에게 대체 무슨 곡절이 있단 말인가! 위홍의 저 미덥지

않은 태도는 무엇을 의미하는 걸까!'

위홍은 처용의 어깨를 가볍게 두드렸다.

"그 스님은 괜찮을 것이네. 어서 가세나. 더는 마희와 마주치고 싶지 않네."

그 이후 처용과 위홍은 점심을 얻어먹기 위해 들른 누촌이라는 마을에 도착하기 전까지 한 마디도 나누지 않았다.

"이 마을에서 밥을 구해 먹기 좋은 곳이 어디요?

마을에 도착한 위홍이 묻자마자 마을 사람들이 이구동성으로 말했다.

"저 아래 여기 큰 부자인 전상적 어르신의 집이 있을 것이오. 거기로 빨리 가보시오. 지금쯤 밥을 푸고 있을 테니."

"아! 고맙습니다!"

부잣집에 들어선 위홍과 처용은 자리를 잡고 앉았다. 그들은 그릇 가득히 담긴 삶은 푸성귀에 나물, 된장 그리고 조가 많이 섞인 푸짐한 밥, 된장을 가득 풀어 무를 넣고 끓인 국이 곁들여진 밥상을 받았다. 마당에는 그들 외에도 식객들 수십 명이 몇 명씩 옹기종기 모여 밥을 먹고 있었는데 그 중 유난히 위홍의 눈에 띄는 자가 있었다.

"저기, 저 사람 좀 보게나."

처용은 아귀가 터지도록 밥을 입에 가득 물고 있다가 위홍이 가리키는 곳을 보고서는 자신도 모르게 '허!' 하고 한숨을 내뱉었다. 그곳에는 당나라 황실 악사였던 금규가 자신의 일행 두 명과 함께 투덜거리며 밥을 먹고 있었다.

"내가 장안에 있을 때는 낙양까지도 가마를 타고 다녔네! 황제께서 내린 성은이었지. 그만큼 내 음악을 귀하게 여긴다는 게 아니겠나. 그런데 이 나라는 뭔가? 당보다 작고 작은 신라가 어찌 귀인을 몰라보고 이리 괄시를 한단 말인가! 이 기름기 한 점 없는 밥상 좀 보게나. 허허허! 그리고 신분까지 밝혔는데 말을 내주기는커녕 알아서 서라벌까지 가라고! 허허 참! 신라 놈들! 아주 내 음악으로 까무러치게 만들어 주지!"

금규가 허세를 부리자 그 일행도 호들갑스럽게 맞장구를 쳐주었다.

"맞습니다! 난리만 아니었다면 이깟 작은 나라에 오지도 않았을 텐데!"

"신라 촌놈들에게 음악이 뭔지 제대로 보여줍시다. 하하하!"

중국어를 모르는 사람들은 그들이 그저 즐거워 떠드는 거로만 여겼지만 그들의 말을 다 알아듣는 위홍과 처용은 어처구니가 없을 따름이었다. 듣다 못한 위홍이 중국말로 크게 말했다.

"거 음악이란 모름지기 듣고 좋은 것이 제일이거늘 그것을 가지고 다른 이들을 얕보고 허세를 부리니 고약하도다!"

그 말에 금규가 힐끗 위홍과 처용을 돌아보고서는 콧방귀를 낀 후 외면했다. 거만한 금규의 태도에 위홍은 이죽거리며 더욱 금규를 자극했다.

"보아하니 금규 당신도 서라벌로 가서 음악 경합에 참여할 모양인데 어디 우리 상대나 되겠나?"

위홍이 유창한 중국어로 말하고 다시 이를 신라 말로 하니 마당에서 밥을 먹던 사람들은 물론 집주인인 지방 호족 전상적까지 닫힌 방문을 활짝 열고 호기심 어린 눈으로 마당을 내다보았다. 위홍은 더욱 목소리를 높여 외쳤다.

"저 사람은 금규라는 사람인데 당 황실에서 노래 꽤나 한 사람이오! 당에서 난리를 피해 신라까지 온 모양인데 신라 노래를 깔보며 이번 서라벌 노래 경합에서 우승을 자신한다 하오!"

금규 옆에 있는 사람이 조용히 위홍이 떠드는 말을 통역해 주었다. 금규는 인상을 쓰며 위홍을 노려보았다.

"그런데 저 금규는 여기 있는 내 친구 처용에게 장안 투가에서 패한 적이 있소! 단언코 최고라고는 할 수 없는 자라오!"

금규 옆에 있는 눈빛이 날카로운 악공이 재빨리 그 말을 통역해 주었다.

"웃기지 마라!"

위홍의 말에 대한 통역을 듣자마자 금규는 바닥을 탁! 치며 벌떡 일어나 크게 화를 내었다. 하지만 위홍은 틈을 주지 않고 말을 이었다.

"그래서 청컨대 내 친구 처용과의 대결이야 하나 마나니 나 위홍이 금규와 여기서 노래 한 곡을 하며 대결을 할까 하오!"

사람들이 박수를 치며 환호성을 지르자 금규는 상대할 필요가 없다고 외치며 자리를 뜨려고 했다. 그러자 위홍이 소리쳤다.

"그냥 노래 대결을 하면 밋밋하니 여기서 대결을 피하거나 지는 자는 서라벌 투가에서 빠질 것을 서약합시다!"

옆에서 처용이 웃으며 낮은 목소리로 말했다.

"너무 판을 크게 벌이는 게 아닌가?"

위홍은 처용에게 가볍게 웃어 보였다.

"분위기는 내가 확 휘어잡았으니 걱정하지 말게나. 어차피 저자를 꺾지 않으면 서라벌 투가는 장담할 수 없네."

금규는 손바닥으로 바닥을 탁 치며 위홍에게 소리쳤다.

"건방지구나! 내가 그런 헛된 제안을 받아들일 성 싶으냐?"

위홍은 금규를 손가락으로 가리키며 사람들에게 소리쳤다.

"당나라 제일의 노래꾼으로 자부하는 자가 고작 이런 대결을 피하는구려. 하하하!"

사람들이 그 말을 듣고 금규를 손가락질하며 비웃었다. 금규는 속으로 분통이 터져 나서려 했지만 그를 보좌하는 이들은 상대해서 좋을 것은 없다고 말하며 금규를 떼어 놓으려 했다.

"그 제안은 내가 보증하지! 어디 한번 여기서 투가를 벌였으면 하네! 여봐라! 구경거리가 생겼으니 마을 사람들에게 널리 알려라!"

결국 방안에서 구경하던 전상적이 나서서 소리치자 사람들이 환호성을 질렀다. 그 말을 통역으로 들은 금규가 물었다.

"그대가 어찌 보증한단 말이오?"

"난 이 지역의 큰 호족이네. 서라벌에서 노래 경연이 벌어진다면 여기 사람들을 데리고 구경을 갈 터! 그런데 내가 서라벌로 가서 이 일을 말한다면 패한 자의 위상은 어찌 되겠는가? 그러니 여기서 지는 자는 서라벌까지 괜히 갈 필요도 없네! 그러니 이 내기를 벌여 봄 직하지 않는가?"

금규는 전상적의 제안이 탐탁지 않았지만 그 말을 들은 사람들은 환호하며 아예 출입문까지 막아서며 노래 대결을 종용하였다. 금규는 크게 화를 내며 대결을 받아들였다.

"이 대결을 후회하게끔 하여 주마! 서반아! 시작해라!"

금규가 손을 한번 힘차게 펼치자 옆에 있던 눈빛이 날카로운 악사가 당비파를 꺼내어 켜기 시작했다. 금규는 당비파 소리에 호흡을 가다듬더니 여자와도 같은 가느다랗고 높은 목소리로 노래를 시작했다.

- 주위는 아름답고 싱그러운 숲에 누각이 높구나.
- 새로 단장한 여인네들 나라를 기울어지게 하네.
- 불빛 훤하니 집마다 아리따움이라 나다니지도 않지만
- 휘장을 나서면 애교 듬뿍 서로 웃음으로 맞이하네.
- 요염한 여인의 볼은 꽃이 이슬을 머금은 듯
- 옥 같은 나무 위로 흐르는 빛이 뒤란을 비추네.

조금 전까지도 금규의 앞을 가로막으며 떠들던 사람들은 금규의 청아한 노래에 빠져 침묵하고 말았다. 노래가 끝나자 사람들의 환호성과 칭송이 여기저기서 울려 퍼졌다.

"참 아름다운 노래다!"

"어찌 저리 음색이 고울꼬!"

사람들의 찬사가 줄을 잇자 금규는 거만한 표정으로 위홍을 보더니 고개를 휙 돌리며 거드름을 피웠다.

"그럼 난 이만 서라벌로 가겠네. 어험!"

위홍은 웃음을 짓더니 처용에게 다가가 피리 반주를 부탁했다.

"빠르게 불러주게나."

처용은 싱긋 웃으며 신나게 피리를 불었다. 위홍은 덩실덩실 춤을 추며 노래를 부르기 시작했다.

- 자줏빛 바위 끝에
- 잡고 있는 암소 놓게 하시고
- 나를 아니 부끄러워하신다면,
- 꽃을 꺾어 받자오리이다.

사람들은 신나게 위홍이 부르는 노래를 따라 불렀다. 심지어는 위홍과 더불어 춤을 추는 사람도 다수였다. 위홍은 노래를 세 번 연거푸 불렀고 금규는 잔뜩 찌푸린 표정으로 이를 지켜보았다.

"허! 이 대결은 위홍이 이겼네."

전상적이 외치자 사람들은 일제히 위홍의 승리를 축하해줬다. 금규가 이에 반발해 통역을 통해 뜻을 전했다.

"어찌해서 그렇다는 것이오! 신라 사람들이 아는 노래를 불러 후한 평가를 얻었으니 이는 공평치 못한 처사요!"

금규가 강력히 항의하자 사람들은 웅성거리며 의견을 나누었다.

"거 말은 되는 소리구먼."

"우리가 저자의 노래를 모르긴 해도 잘 부른다는 건 틀림없었으니 말이야."

위홍이 처용과 잠시 뭔가를 속닥거리더니 처용이 머리를 끄덕이자 손을 높이 들어 올리며 외쳤다.

"자! 그렇다면 내 다른 대결을 요청해보겠소! 여기 내 친구 처용이 금규와 즉석에서 한 소절씩 노래를 주고받을 것이오! 중국어로 하되 만약 음정이 흐트러지거나 호흡이 가빠지는 이가 있다면 패배하는 것이오! 어떻소?"

"그거 좋네!"

"거 공평하게 보이네!"

금규 역시 그 제의를 받더니 망설임 없이 소리쳤다.

"네놈이 날 깔보는구나! 그래 그렇게 하자! 서반아!"

금규가 손짓을 하자 눈빛이 날카로운 악공이 이번에는 짐 보따리에서 피리 하나를 꺼냈다. 악공이 피리를 불자 매우 크고 날카로운 소리가 울려 퍼졌다.

"이 피리 소리에 맞춰 불러야 한다! 행여 목소리가 이 피리 소리에 묻혀도 물러서야 할 것이니라!"

처용은 금규의 일방적인 제시에도 이를 흔쾌히 받아들였다.

"좋습니다! 그럼 무엇으로 하오리까?"

금규는 대답 대신 노래를 시작했다.

– 한 황제 색을 즐겨 경국지색 찾았으나

노래를 듣자 처용과 위홍은 마주 보며 씩 웃었다. 금규가 부른 노래는 바로 처용이 어린 시절 절을 떠날 때 부른 적이 있었던 백거이의 장한가였다. 위홍은 오래전에 처용이 효병 스님과 장안가와 불경으로 노래했다는 얘기를 들은 터라 웃을 수 있었다. 처용은 조금의 망설임도 없이 다음 구절을 불렀다.

— 오랜 세월 구하여도 얻을 수 없었네.

처용이 노래를 잘 모를 것으로 생각했던 금규는 속으로 약간 당혹스러워하며 목소리를 최대로 높여 노래를 불렀다.

— 양 씨 가문에 갓 성숙한 딸이 있어

처용 역시 금규의 고음을 뛰어넘는 부드러운 고음으로 맞받아쳤다.

— 집안 깊이 길러 누구도 알지 못했네!

장한가 한 소절 한 소절이 불릴 때마다 처용과 금규의 목소리는 높아져만 갔다. 노래는 오랫동안 계속되었고 사람들은 어느덧 처용과 금규의 노랫소리에 압도당해 조용히 대결을 지켜보았다. 높은 피리 소리에 맞추어 온몸을 쥐어짜며 있는 힘을 다해 노래를 부르는지라 금규와 처용의 몸은 찬바람이 부는 와중에도 땀에 흠뻑 젖었다.

어느덧 장한가는 거의 막바지에 접어들었다.

평소에는 기나긴 장한가라 할지라도 이를 목 놓아 완창하는 것은 별일이 아니었던 처용과 금규였다. 하지만 상대를 억누르기 위해 모든 힘을 다 짜내어 부르고 있는지라 힘은 평소보다 몇 배가 더 들어 있었다. 특히 금규는 얼굴이 시뻘겋게 달아오른 채 상대를 누르기 위해 온 힘을 다하고 있었다.

– 헤어질 즈음 간곡히 다시 하는 말이

금규가 노래를 부르고 처용의 차례가 된 찰나 갑자기 처용의 목소리가 절묘하게 높으면서도 부드럽고 구슬프게 바뀌었다.

– 두 마음만이 아는 맹세의 말 있었으니

처용의 노랫소리를 듣는 순간 금규는 가슴에 뭔가 '꽉' 하고 조여 오는 기분이 들었다. 그저 크고 맑고 높은 노랫소리로서 처용을 눌러 보려던 금규로서는 허를 찔린 기분이었다. 금규는 처용의 노랫소리를 받아 부르려 했지만 가슴이 답답해지며 목에서는 소리가 나오지 않았다. 금규가 더는 노래를 부르지 못하자 처용은 나머지 부분을 마저 불렀다.

– 칠월 칠일 장생전에

– 인적 없는 깊은 밤 속삭이던 말

– 하늘을 나는 새가 되면 비익조가 되고

– 땅에 나무로 나면 연리지가 되자고

– 천지 영원하다 해도 다할 때가 있겠지만

– 이 슬픈 사랑의 한 끝일 때가 없으리.

처용의 부드럽고 높은 노랫소리가 긴 여운을 남기며 끝나자 아쉬움을 견디지 못한 사람들의 한숨과 환호 소리가 가득 울려 퍼졌다.

"대단하오!"

"이런 노래를 내 평생 이곳에서 들을 줄이야!"

금규는 크게 한숨을 쉬며 중얼거렸다.

"허! 장안에서 얘기만 들었을 때는 그저 사람들의 귀만 홀리고 잡스러운 노래나 부르는 자인 줄 알았는데 이런 실력인 줄은 몰랐네."

금규는 연실 허! 허! 하며 차마 발걸음을 떼지 못하고 한숨만을 내쉬다가 결국 패배를 인정했다.

"여기서 발걸음을 돌리겠네. 자네를 이길 수가 없으니 다시 당으로 돌아갈 것이네."

위홍이 그런 금규를 보내 주겠다는 의미로 옆으로 비켜섰다. 금규는 순순히 지나가려다가 처용을 보고 한 마디를 더했다.

"처용이라 하였나? 아까 나와 했던 대결을 꼭 기억해 서라벌에서 좋은 노래를 부르기를 바라네."

처용은 빙긋 웃으며 금규의 손을 마주 잡았다.

"이런 승부는 어디까지나 운일 뿐입니다. 그저 어디를 가도 편한 마음으로 사람들에게 항상 좋은 노래를 들려주었으면 합니다."

금규의 입가에 웃음이 스쳐 지나갔다.

"그 말, 내가 처용 자네에게 배운 가르침으로 알겠네."

금규는 서둘러 밖으로 나갔다. 옆에 있던 눈빛이 날카로운 악공은 처용을 흘겨보며 천천히 금규를 따랐다.

2

노래대결에서 완승해 도중에 금규를 돌려보낸 처용과 위홍의 기세는 하늘을 찌를 듯했다. 게다가 호족 전상적이 너무나 좋은 노래를 들었다며 노잣돈과 당나귀 한 마리씩을 줘서 보내 처용과 위홍은 어느 때보다도 여유롭고 풍족하게 서라벌로 향할 수 있었다. 이제 막 무르익는 봄꽃 향기를 맡으며 좁은 길을 가는 처용과 위홍의 발걸음은 그 어느 때보다 가뿐했다.

"좋구나! 좋아! 금규를 물리쳐 돌려보냈고, 이제 이 고갯길만 넘어가 내일이면 서라벌로 들어가겠네! 우리 둘이 서라벌로 가 노래를 부르면 그 어떤 자들이 우리를 대적하겠나? 노래만 잘 부르면 수많은 금은보화에다가 벼슬까지 준다 하니 자네에게는 이 얼마나 좋은 일인가? 하하하."

위홍이 크게 웃자 처용 역시 크게 웃으며 노래를 불렀다.

- 임금님 귀는 당나귀 귀

- 대나무숲 속 인적 드문 곳에서

- 되뇌고 되뇌다 소리쳐 노래해 본다.

- 임금님 귀는 당나귀 귀!

순간 화살 한 대가 '쉐액!'하고 바람 가르는 소리와 함께 처용이 탄 당나귀의 목을 맞췄다. 처용이 탄 당나귀가 애처로운 비명과 함께 앞무릎을 꿇자 처용은 그 바람에 앞으로 꼬꾸라져 땅바닥에 거세게 얼굴을 부딪쳐 버렸다. 갑작스러운 공격에 위홍은 놀랍고 겁이 났지만 일단 처용의 안위가 걱정되었다.

"이보게 처용! 처용!"

처용은 얼굴이 피범벅이 된 채 정신까지 잃고 있었다. 위홍이 주위를 둘러보니 길고 시퍼런 빛이 나는 칼을 든 자와 화살을 잰 활을 든 자가 다가오고 있었다.

"가진 것을 다 내어놓을 터이니 해치지 말라!"

위홍이 허리띠에 찬 전대를 끌러 흔들어 대며 소리쳤지만 칼과 활을 든 자들은 비웃음을 날리며 성큼성큼 다가와 말했다.

"그까짓 전대에 얼마나 많은 재물이 있겠느냐? 거기 황금 서너 덩이라도 담겨 있다더냐?"

위홍이 말없이 전대를 던져 주었지만 그들은 전대를 쳐다보지도 않은 채 여전히 칼을 겨누며 이죽거렸다.

"이놈들아! 조용히 당나라에나 있을 것이지 서라벌에는 왜 기어들어 오느냐?"

위홍은 그 말에 흠칫하여 칼과 활을 든 자들을 살펴보니 눈에 살기를 띤 것이 자신을 죽이려 작정을 하고 온 자들임이 틀림없었다.

'이젠 죽었구나!'

위홍은 죽더라도 반항이나 해볼 양으로 주변에 뭐 무기가 될 만한 게 있나 두리번거렸다. 그러나 칼 든 자는 위홍의 낌새를 눈치채고 칼을 치켜들고 달려들기 시작했다.

"으악!"

위홍은 비명을 지르며 팔로 얼굴을 가렸다. 위홍에게 하루 같은 찰나가 지나갔다. 뜻밖에도 아무 일이 없자 위홍은 슬며시 팔을 내려 앞을 보았다. 위홍의 앞에는 칼을 든 자가 초점 없는 눈빛으로 비틀거리더니 앞으로 푹 쓰러졌다. 그의 등에는 화살 세 대가 꽂혀 있었다.

"죄송합니다! 저희가 너무 늦었습니다!"

위홍이 조심스럽게 고개를 완전히 들고 보니 처용이 탄 당나귀에 화살을 쏜 자는 두 명의 병사에게 붙잡혀 몸을 비틀고 있었다. 위홍 앞에는 젊은 장수가 부하 여럿을 거느리고서는 처용을 안타깝게 보며 걸어오고 있었다.

"어찌 된 일이오?"

위홍이 젊은 장수에게 묻자 장수는 사로잡은 자를 끌고 오도록 한 후 자기소개를 했다.

"저는 왕실 근위 장수 양석이라 합니다. 왕실의 명령을 받자와 위홍님을 마중 나와 이 고갯길로 나왔는데 불측한 자들이 이런 짓을 저질러 송구하기 짝이 없습니다."

위홍은 속으로 왕실에서 어떻게 자신들이 올 줄 알고 사람들을 보냈는지 의아심이 들었지만 이를 물어볼 여유가 없었다. 양석이 병사들을 시켜 정신을 잃은 처용을 돌보게 하고 화살을 쏘아 처용을 습격한 자를 끌어와 위홍 앞에 앉히고 윽박지르기 시작했기 때문이었다.

"네 이놈! 대체 무엇 때문에 이런 짓을 저지른 게냐!"

화살을 쏜 자는 머리를 숙인 채 힘없이 중얼거렸다.

"저자들의 재물을 취하기 위함이었습니다."

"누군가의 사주를 받은 게 아니더냐?"

화살을 쏜 자는 고개를 더욱 숙이다가 순간 벌떡 일어나 도망가기 시작했다. 양석은 피식 웃으며 옆에 있던 병사가 건네준 활과 화살을 받아 들고 도망치는 자의 뒤를 겨누어 쏘았다. 짧은 외마디 비명과 함께 도망가던 자는 등에 화살을 맞고 절명하고 말았다.

"어리석은 놈!"

양석이 혀를 끌끌 찼다. 그 사이 위홍은 겨우 정신을 차리고 신음을 내는 처용에게 다가가 안위를 살폈다.

"이보게 괜찮은가?"

처용은 피범벅이 된 얼굴로 웃어 보이며 오히려 위홍을 걱정했다.

"난 아무렇지도 않네. 자네는 괜찮은가?

위홍은 그런 처용의 얼굴을 자세히 살펴보았다.

"허! 자네……. 정말 괜찮긴 한 건가!"

위홍의 한숨 소리에도 처용은 손으로 얼굴에 묻은 피를 스윽 닦으며 농담하는 것을 잊지 않았다.

"이거 못생긴 얼굴이 더욱 찌그러지겠구먼! 허허허!"

3.

"서라벌이 장안 못지않다더니 과연 굉장하구나!"

서라벌로 들어선 처용은 여기저기를 둘러보며 경탄을 금치 못했다. 서라벌 곳곳에는 고래등 같은 기와집이 줄줄이 서 있었고 형형색색 비단옷을 입은 이들이 수도 없이 지나갔다. 길거리에는 곳곳마다 예쁜 꽃들이 화사하게 피어 있었고 그에 못지않게 아름다운 서라벌 처녀들은 잘생긴 위홍을 똑바로 바라보고서는 생글거리며 지나갔다. 그러나 위홍은 그 어떤 여자와도 눈길을 마주치지 않았다.

"저곳이 왕궁이오? 그럼 저기 큰 탑이 서 있는 곳은 어디요?"

처용이 이것저것을 물을 때마다 근위장수 양석은 친절하게 설명해 주었다.

"예, 저곳은 폐하께서 기거하시는 왕궁입니다. 저쪽에 큰 탑이 있는 곳은 황룡사입니다."

"허!"

"매일 정오에 꼭 황룡사 앞으로 나오소서. 노래 경연에 대해 알려 드리는 바가 있을 것입니다."

양석은 서라벌 중심가의 널찍한 기와집으로 위홍과 처용을 안내

해 주었다.

"여기 머물면서 얼마 후 있을 노래 경연을 기다리시면 될 것입니다. 식사는 시종들이 봐 드릴 것이니 그리 아소서."

양석이 돌아가려 하는데 위홍이 그를 불러 물었다.

"내 아까부터 물어보았는데 그대가 대답을 안 해주니 궁금하네. 대체 누가 내가 올 것을 어찌 알고 이렇게 우리 편의를 봐주는 겐가?"

양석은 잠시 망설이다가 대답했다.

"아무래도 왕실 일과 관련되어 있는지라 위홍 님이 돌아오는 일에 대해 민감하게 반응하는 귀족들이 많습니다. 그렇기에 행여 위홍 님이 해를 당할까 싶어 미리 마중을 나온 것이 운 좋게 두 분을 구한 것입니다. 아까 그 두 놈도 필시 어느 귀족의 수하일 겁니다."

"그렇다면 앞으로도 이런 일이 벌어질 수 있다는 것인가?"

양석은 그 물음에 대해서는 확실히 대답했다.

"그렇지 않습니다. 잠시 어지러운 때가 있었지만, 요즘은 그 누구라도 서라벌 안에서는 함부로 행동할 수 없습니다. 그렇기에 그 두 놈이 서라벌로 들어서기 전에 위홍 님을 해치려 했던 것입니다."

위홍은 잠시 생각에 잠겼다가 말했다.

"구해준 것은 고맙지만 이제 더는 호의를 받을 수 없네. 게다가 난 본시 서라벌 사람이라 갈 곳이 없는 것도 아니네. 자네도 대충 알겠지만 난 이곳의 권력 암투가 싫어 서라벌을 떠나 있었던 사람이네."

양석은 잠시 당황스러워하다가 답했다.

"꼭 그러시다면 여기서 제가 강요할 수는 없는 일입니다."

위홍은 처용의 의향을 확인하기 위해 그를 한번 쳐다보았다. 처용은 씩 웃으며 고개를 끄덕였다. 위홍은 소매를 툴툴 털며 양석에게 가볍게 목례했다.

"여기까지 우리를 호위해 주어 고맙네."

양석은 잠시 머뭇거리더니 고개를 숙이고 위홍에게 인사했다.

"그럼 알겠사옵니다. 언제든지 찾아주소서."

양석과 헤어진 위홍과 처용은 서라벌 중심가에서 떨어진 곳으로 걸어가기 시작했다.

"그런데 자네 서라벌에 집이 있었나?"

"허허허."

위홍은 가볍게 웃으며 처용에게 답했다.

"부모님이 어렸을 적 돌아가신 마당에 내가 집이 어디 있겠는가. 친척이 있긴 하나 거기 의탁하고 싶지는 않네. 허나 갈 곳이 없는 건 아니지. 저기 저 길로 가세!"

위홍과 처용이 간 곳은 서라벌 외곽에 있는 작은 밭이 끼어 있는 초가집이었다. 그곳은 아무도 돌보는 이가 없어 집은 쓰러져 가고 밭에는 잡초가 무성했다.

"이곳이 본시 내 집일세."

처용은 너털웃음을 지으며 위홍을 돌아보았다.

"그래도 자네는 신라 왕실 사람인데 너무 소탈한 게 아닌가. 허허."

위홍은 피식 웃으며 먼지 가득한 마루에 앉았다.

"내가 소탈하게 보이느라 이곳에 있는 건 아닐세! 나와 자네는 노래경연을 위해 서라벌에 온 것일 뿐인데 시끄러운 일에 휘말리고 싶지 않아 여기로 온 것뿐이야. 아까 우리를 해치려고 한 자들! 분명 내가 왕위 문제에 관여될까 두려워 미리 손을 쓰려 한 자들의 끄나풀일 테지! 그런 자들에게 난 왕위에는 관심이 없다는 걸 알리기 위해 이곳을 고른 것이네."

처용은 웃으며 하늘을 올려다보고 중얼거렸다.

"그래도 자네가 오는 것을 미리 알고 죽이려 한 판국이라 난 심히 걱정이네."

위홍은 고개를 흔들었다.

"아닐세. 그놈들은 나뿐만 아니라 자네도 죽이려 했어. 왕족도 아닌 자네까지 말이야…… 알 수 없는 일일세."

4.

처용과 위홍이 서라벌에 온 지 보름이 지났다.

그들은 날마다 황룡사 앞으로 나가 사람들과 더불어 노래하고 춤추며 시간을 보냈다. 사람들은 처용과 위홍의 노래를 즐기며 높이 평했다. 그러던 어느 날, 마침내 노래 경연에 대한 방이 붙었다.

황룡사 앞 거리에는 사람들이 우글우글 모여 이두로 적힌 방을 올려다보고 있었다. 그중에 한 사람이 앞으로 나서 헛기침을 하고선 뽐

내는 목소리로 방문을 큰 소리로 읽었다.

"만백성들에게 은총을 내려 고하노니 그간 서라벌 사람들이 마땅한 유흥이 없어 지냄이 매우 안타깝도다. 그렇기에 모든 서라벌 백성들에게 왕실의 은혜를 전하노니 여기 황룡사 앞에서 누구건 노래하며 노닐어라. 그리고 모든 이들은 이들을 눈여겨 보아두라. 그들 중 최고를 뽑아 많은 재물과 벼슬을 내릴 것이니라."

사람들은 모두 재미있겠다는 반응을 보이며 떠들썩했지만 그 방문을 보고 있는 위홍과 처용은 고개를 갸웃거렸다.

"대체 어떻게 최고를 뽑는다는 말은 없지 않은가? 그냥 노래를 부르고 춤을 추면 된다는 걸까?"

처용의 의문에 위홍 역시 어찌 된 영문인지 알 수 없어 사람들 틈에 섞여 이것저것을 물어보았다. 그러나 아무도 최고를 뽑는 구체적인 방법에 대해 아는 사람은 없었다. 대부분은 이런 반응이었다.

"아 우리야 그저 즐기기만 하면 되는 거지 뭘 그리 따져 묻는가! 허허허!"

그때 황룡사 앞에 쌓아둔 단 위에 한 사람이 올라가 커다란 소리로 노래를 부르기 시작했다.

"벌써 시작되었구나!"

사람들이 우르르 몰려들었고 힘찬 노래가 시작되었다.

- 어렁 어렁 어렁
- 허이야 허이 어이

- 내 사랑이여 낙이여 술이여

- 드렁 그렁 어렁 이렸다!

사람들이 웃고 떠들며 즐거워하는 와중에 단 위에 검은 옷을 입은 사람이 조용히 올라와 좌중을 둘러본 후 노래를 부른 사람을 보고 말했다.

"난 오늘부터 여기서 노래를 부르는 이들을 관리할 박규라고 하오. 내가 하는 일이야 여기 올라온 이의 신변을 알아내어 적어가는 일이라오. 자! 그대는 어디에서 온 누구요?"

노래를 부른 이는 활기차게 외쳤다.

"사벌주 달기현에서 온 하필이라 하오!"

"어허! 하필 왜 여기 오시었소?"

박규의 실없는 말에도 사람들은 좋다고 웃어대었다. 하필은 사람들의 웃음소리에 더욱 신나서 떠들어 대었다.

"나라에서 노래 잘하는 이에게 벼슬과 상을 내린다고 하니 온 것이 아니겠소! 이래 보여도 달기현에서 나 하필~ 하면 주먹 잘 쓰고 노래 잘하는 걸로 모르는 사람이 없소! 박규! 그대에게 뭐 하나 물어봅시다!"

"주저 말고 물어보시오!"

"소문에 따르면 노래 경연에서 최고에 오르면 폐하의 여동생과 혼인도 한다는데 그게 사실이오?"

박규는 껄껄 웃으며 하필의 얼굴을 손으로 가리키며 소리쳤다.

"거 폐하의 여동생 이름은 아시오?"

"만 아니요? 김만?"

"만! 그러니 그만하시오! 허허허! 그 말은 헛소문에 불과하다오!"

그 말에 위홍은 착잡한 표정을 지으며 중얼거렸다.

"마희야. 마희가 궁으로 돌아갔어."

"마희?

처용이 되묻자 위홍은 고개를 끄덕이며 중얼거렸다.

"김만이 바로 마희일세."

그 말에 처용은 왠지 알 수 없게 마음 한 구석이 쿵 하고 내려앉는 것 같은 기분이 들었다.

한동안 하필과 박규는 한참을 실없이 웃고 떠들었다. 그 사이 북을 들고 단 아래로 다가온 자가 어색한 신라 말로 소리쳤다.

"노래를 부르려 하는데 아직 기다려야 하오리까?"

박규는 정색을 하며 그에게 손짓했다.

"주저 말고 어서 올라오시오!"

처용과 위홍이 그를 보니 눈에 익은 자였다. 처용이 먼저 그를 알아보고 소리쳤다.

"저자는 금규 옆에서 신라 말을 하던 악공이 아닌가?"

"그렇군! 금규도 온 건가?"

위홍이 사방을 둘러보았지만 금규의 모습은 보이지 않았다. 단 위에서는 악공의 얘기가 이어지고 있었다.

"난 당나라에서 온 서반이라는 사람이오. 본시 난 선비족 출신이

오만 당 조정에 노래와 악공으로 입조해 명성을 날렸소. 본시 금규라는 당나라 황실 악사와 같이 왔으나 그는 돌아가고 내가 이번 서라벌 노래 경연에 참여하게 되었소이다."

"허! 그거 기대되는구려! 어디 노래를 해보시겠소?"

서반은 북을 두들기며 조용히 노래를 시작했다.

- 빨간 콩 남쪽 나라에서 나네
- 가을 나무 끝 가지에 주렁주렁 열렸네
- 임금님께 올리려면 많이 따두게
- 그것으로 사무친 그리움을 전하려 하네

서반의 느릿하면서도 여자와도 같은 목소리에 취한 이들은 노래가 끝나자 환호성을 질렀다. 위홍이 시가를 조용히 따라 부르며 중얼거렸다.

"왕유의 시로군. 저렇게 부르니 색다른 맛이 있네."

그때 갈건을 푹 눌러 쓴 사람이 앞으로 나서더니 큰소리로 외쳤다.

"서반의 노래는 마치 개구리 기지개 켜고 뱀이 똬리를 푸는 입춘 새봄에 얼음이 녹아 흘러내리는 장강과도 같도다! 곡조가 선인의 옷자락에 닿아 흐르는 강줄기처럼 끝없이 굽이치는가 싶더니 어느덧 죽죽 흘러가는도다!"

주위에서 '그 말이 옳소.' 하는 반응이 나오더니 사람들이 떠들썩하게 그 말에 동조하기 시작했다.

"하필의 노래는 신나고 즐거우나 음정이 고르지 못하고 신중해야 할 때 경박하고 경박해야 할 때 신중해 흐름이 끊기는구나! 그래서는 노래 경연에 오르지 못할 것이다!"

그 말을 들은 하필이 울컥하여 갈건 쓴 이를 손가락으로 가리키며 소리쳤다.

"당신이 뭔데 그런 식으로 저자가 부른 노래는 높여주면서 내가 부른 노래는 낮게 평하는 것이오?"

갈건을 눌러 쓴 이는 거드름을 피우면서 수염을 쓰다듬더니 좌우를 둘러보고 느긋하게 하필에게 말했다.

"지금 나한테 한 말이오?"

"그렇소! 당연히 당신한테 한 말이지 그럼 누구겠소!"

갈건을 눌러 쓴 이는 하필을 아래위로 훑어보더니 한마디를 내뱉었다.

"거 참! 좋게 얘기해 줬으면 자기 주제를 알아야 하지 않나!"

"뭐야? 이 자식이⋯⋯"

화가 난 하필이 팔을 걷어붙이며 갈건에게 다가서려는 순간 덩치 큰 자 서너 명이 하필을 순식간에 에워싸더니 위협했다.

"처사께서 좋은 말로 하실 때 순순히 가거라!"

순식간에 기가 죽은 하필이 뒤로 물러서자 갈건을 눌러 쓴 이는 배를 잡고 웃어 대었다. 그 광경을 지켜보던 서반이 소리쳤다.

"귀인께서는 누구신데 그리 노래를 깊이 있게 들으시는 게요?"

갈건을 눌러 쓴 이는 키득거리며 답했다.

"나? 그저 '갈건처사'라고만 알아두시오!"

5.

그 이후로도 황룡사 앞 무대에서 갈건처사는 노래를 부르는 이들의 품평을 해주며 잘하는 이들은 치켜 올려 세워 주었고, 못하는 이들에게는 사정없이 악평을 퍼부었다. 나쁜 품평을 듣다 못한 이가 갈건처사에게 시비를 걸려 하면 그 주위에 있던 덩치 큰 사내들이 갈건처사를 보호하면서 덤벼드는 자를 힘으로 눌렀다.

갈건처사의 품평은 매우 날카롭고 정확하여 사람들에게 인정을 받았기에 오히려 갈건처사에게 시시비비를 따지는 이들이 사람들에게 비난을 받았다.

"난 갈건처사가 말하는 내용이 별로야. 잘 따져보면 내용이 상당히 어이없지."

아침부터 비가 내리는 어느 날, 위홍은 처용과 함께 작은 주점 처마 밑에 앉아 푸성귀를 안주 삼아 탁한 술을 마시며 얘기를 나누고 있었다. 그들의 모습은 옆에서 토끼고기를 구워 안주로 먹는 이들과 묘한 대비를 이루고 있었다.

"걸핏하면 얼음이 녹아 흘러내리는 장강의 물줄기 같은 신소리나 하는데 장강이 겨울에 쉽게 어는 곳인가? 말하는 거 보면 아주 웃긴다니까."

위홍이 그렇게 투덜거리는 건 자신의 노래에 대한 갈건처사의 품 평 때문이었다. 갈건처사는 위홍의 노래를 듣고 찬사를 늘어놓다가 한 가지 아쉬운 소리를 했다.

"…… 정말정말 좋은 소리인데 아쉽다면 노래에 짭짤한 맛이 묻어 나지 않아."

위홍은 갈건처사의 말이 이해가 되지 않자 공손히 물었다.

"감히 여쭈옵건대 그 맛이 무엇인지 자세히 말씀해 주실 수 있사 옵니까?"

그 질문에 눈만 끔뻑이던 갈건처사를 상기하며 위홍은 이맛살을 찌푸렸다.

"자기 말을 제대로 풀어 놓지도 못하면서 무슨 품평을 한다고 쯧!"

위홍의 불평에 처용은 크게 웃으며 술잔을 높이 들어 죽 마셨다.

"그래도 나보다는 낫지 않은가? 허허허!"

갈건처사는 처용을 이렇게 평했다.

"정말로 굉장한 노래로다! 마치 봄 햇살에 아지랑이가 피어나듯, 아침 이슬에 살포시 꽃봉오리가 열리듯 소리 없이 아름다운 소리로 다! 그런데! 자네 그 얼굴은 낡아빠진 사슴 탈을 쓰고 장대를 타고 노닐다가 땅바닥에 엎어진 광대 낯짝보다 못하네! 벌레 먹고 짓밟힌 꽃봉오리가 귀한 화병에 고이 꽂혀 있는 모양새랄까! 허허허!"

처용은 갈건처사의 말을 그대로 흉내 내며 껄껄 웃었다. 그러나 위 홍은 전혀 재미있어하지 않았다.

"망할 자식! 노래를 평할 것이지 왜 외모까지 논하는 거야?"

위홍은 주먹을 불끈 쥐고 탁자를 가볍게 탁 내리치며 말했다. 처용은 '허허허' 웃으며 비어있는 자신의 술잔을 채웠다.

"그나저나 이런 날에는 이원 그 친구가 생각나네."

처용의 말에 위홍은 한숨을 쉬며 술잔을 비웠다.

"그러게 말일세. 이원이 같이 있다면 지금쯤 우리 노래에 더욱 흥이 들어가 있지 않았을까!"

처용이 싱긋 웃으며 위홍의 잔에 술을 따라주었다.

"그게 혹시 자네 노래의 짭짤한 맛이 아닐까?"

"에끼 이 사람아! 허허허."

처용과 위홍이 얼큰하게 취해갈 무렵 조금 떨어진 자리에 벙거지를 쓴 두 명의 남자가 토끼 두 마리를 잡아와서는 앉아 소리쳤다.

"여기 토끼 한 마리는 가지시고 한 마리는 삶아서 맑은 술과 내오시오!"

처용과 위홍은 거친 목소리에 저도 모르게 동시에 그들을 돌아보았다. 그들은 처용과 위홍을 본채 만 채 얘기를 나누었다.

"요즘 궁이 뒤숭숭하다지?"

"그게 다 장안에서 돌아온 왕의 누이 때문 아닌가! 하여간 왕의 후사 문제도 명확하지 않고 엉망이야 엉망!"

위홍은 그 말에 인상을 찡그리며 술을 단숨에 들이켠 후 중얼거렸다.

"마희는 나와 항렬로 따져 조카가 되네. 헛헛."

처용은 빙긋이 웃었다.

"그러고 보면 지금 신라 국왕과 그리 멀지 않은 인척관계인 자네가 이러고 있다는 게 참 대단하네."

위홍은 싱긋 웃었다.

"나뿐만 아니라 요즘은 많은 신라 귀족들이 권력을 추구하기보다는 이렇게 자신의 삶을 즐기지. 몇십 년 전에는 왕이 되거나 권력의 중심부에 서기 위해 수많은 신라 귀족들이 하루가 멀다고 서로를 죽이고 또 죽였네. 한때 한 핏줄이었던 이들끼리 그 얼마나 비참한 일인가! 허허허……."

위홍의 허탈한 웃음에 처용도 쓸쓸히 웃었다.

"허허허……. 그래서 마희가 장안까지 가게 된 건가?"

위홍은 조용히 고개를 끄덕였다.

"그렇지, 나와 같은 이유일 거야……."

위홍은 술 한 잔을 마신 후 말을 이었다.

"참, 원이가 마희를 좋아했다네. 그런데 마희는 원이를 끔찍이 싫어했지."

처용은 고개를 흔들었다.

"그렇게 보았나? 난 몰랐네."

순간 날카로운 여인의 말소리가 울려 퍼졌다.

"둔한 건 여전하군! 위홍 님의 말이 맞습니다."

밖에서 들려오는 느닷없는 소리에 처용과 위홍은 매우 놀라 돌아보았다. 그곳에는 마희가 하얀 비단옷 차림으로 시종과 함께 서 있었다.

6.

"그대가 여기 어찌 온 거요?"

위홍이 놀라 소리쳤다. 옆에서 토끼고기가 익기를 기다리던 사람들은 어느 사이 갔는지 흔적조차 없었다. 마희는 처용을 손으로 가리켰다.

"사람을 시켜 수소문했지요. 처용이야 워낙 용모가 특이하니 사람들이 쉽게 알아보더이다."

그리고 마희는 처용을 외면한 채 위홍을 똑바로 바라보며 한마디를 덧붙였다.

"오래간만이네요, 삼촌."

위홍은 떨떠름하게 그 말을 받았다.

"갑자기 나더러 삼촌이라……. 허허허."

그리고선 위홍은 주먹을 불끈 쥐었다.

"왜 나를 찾아온 것이지?"

마희는 차분히 대답했다.

"궁에서 시킨 일입니다. 나더러 삼촌을 직접 모셔오라더군요."

"왜!"

갑자기 위홍은 비통해하며 크게 절규했다. 술기운이 더해졌기에 그 비통함은 어딘지 모르게 과장되어 보이기도 했다. 위홍의 절규가 다소 가라앉는 순간 마희는 처용을 보고 차갑게 말했다.

"이원을 싫어한 이유는 내가 멋모르고 장안에 온 첫날, 재워준다는 명목으로 날 겁탈했기 때문입니다. 그러고도 향신각에서 날 모른 척했지요. 아니, 날 몰라본 건지도 모르겠습니다. 정말 벌레 같은 놈이었죠."

위홍은 고개를 흔들었다.

"원이가 너를 겁탈했다고! 원이는 그런 친구가 아니야! 함부로 말하지 마라!"

마희는 여전히 같은 어조로 대꾸했다.

"함부로 하는 말이 아닙니다. 삼촌이야말로 함부로 내게 말하지 마세요. 나는 어엿한 왕의 누이오니 예를 갖추어 날 대하기를 바랍니다."

위홍은 발을 동동 구르며 소리쳤다.

"너를 예로써 대하라고! 그게 지금 할 말이냐! 이……, 이……!"

그리고 위홍은 온몸을 쥐어짜듯 뒤틀며 한마디 독설을 마희에게 내뱉었다.

"이 더러운 것아!"

그 순간 마희의 눈에 어둠 속에서 사냥하는 들짐승처럼 파란 불꽃이 피어올랐다. 그 눈을 바라본 처용과 위홍은 두려움에 가슴속이 서늘해짐을 느꼈다. 그러나 그도 잠시, 마희는 빙긋 웃으며 품속에서 작은 비단 두루마리를 꺼내어 위홍에게 내밀었다. 위홍은 그것을 받아서 천천히 펼쳐 들었다. 그리고는 깜짝 놀라 처용을 바라보았다.

"뭔가?"

"어명이네. 날 궁으로 불러들인다는 어명이야. 마희의 말이 정말이었군."

마희는 피식 웃은 뒤 시종에게 손짓하며 말했다.

"어찌 된 일이긴요. 내일 아침 일찍 입궐하십시오. 여기 관복이 있으니 꼭 챙겨 입으시고요."

시종이 공손한 태도로 위홍에게 관복이 든 보따리를 내놓았다. 위홍은 보따리를 받지 않았지만 시종은 그것을 위홍 옆에 두었다. 마희는 나지막한 목소리로 힘주어 말했다.

"왕께서는 삼촌을 곁에 두고 싶어 하십니다. 부디 거부하지 마시고 기회를 잡으소서."

마희는 그 말을 하고 돌아서며 끝내 처용을 외면했다. 처용은 그런 마희를 웃으며 바라보았다.

"허허허."

마희가 돌아간 후, 위홍은 헛웃음을 지으며 한참을 서 있었다. 처용은 말없이 하늘을 바라볼 뿐이었다.

"왕명을 거역할 수는 없네. 받아들이지 않는다면 신라를 영원히 떠나야겠지."

처용은 가볍게 '하하' 웃으며 답했다.

"어명을 받은 순간부터 받아들이기로 마음먹지 않았나? 날 너무 염두에 두지 말게."

위홍은 처용을 힐끗 돌아보았다. 한참 동안 침묵이 이어진 후, 위홍이 말문을 열었다.

"마희에게 난 지은 죄가 있네. 마희는 날 한스러워했지. 지금 마희를 보니 궁에서 중임을 맡은 모양인데 내 어찌 궁에 들어가 마주하겠나?"

처용은 고개를 흔들었다.

"무슨 일인지는 모르나 마희는 위홍 자네를 나쁘게 생각하는 것 같지는 않네. 오히려 자네를 좋아하고 있네!"

처용의 말에 위홍은 뭐라고 말하려다가 고개를 숙였다. 처용은 위홍의 어깨에 손을 올리며 말을 이었다.

"위홍! 찾아온 기회를 함부로 버리지 말게나. 어차피 자네와 나는 신분이 다르니 평생 나와 이렇게 살지는 않을 것이 당연하지 않나? 그리고 행여 내게 섭섭한 일이건 좋은 일이건 못다 한 말이 있거든 넣어두게나. 그동안 말하지 않은 것을 이제 와 내게 말한들 뭣하겠는가?"

위홍은 처용을 보며 웃음을 지은 채 처용의 손을 굳게 잡았다.

"그렇게 말해주니 고맙네. 내 궁에 가면 자네를 불러들일 방도를 생각하겠네!"

"고맙긴! 날 궁에 부를 생각은 말게. 난 자유롭게 노래하고 싶네!"

위홍은 크게 웃으며 고개를 끄덕였다. 처용은 위홍의 어깨에서 손을 내리며 그의 등을 토닥였다.

"자네는 아침 일찍 나가봐야 할 거 아닌가. 어서 들어가서 잠을 청하세."

7.

다음날 해뜨기 전, 위홍은 처용이 깰까 조심스럽게 일어나 관복을 챙겨 입고 일찌감치 밖으로 나갔다. 해가 뜰 무렵 자리에서 일어난 처용은 피리를 꺼내어 불며 위홍의 빈자리를 바라보았다.

그날 저녁, 위홍은 돌아오지 않았다. 다음날도, 그 다음날도 위홍은 오지 않았다. 황룡사 앞에도 위홍은 오지 않았다. 처용과 위홍이 헤어진 지 닷새 후, 처용은 무대 위에 올라가 쓸쓸한 분위기를 잔뜩 풍기는 노래를 불렀다.

- 장안에서 즐겁게 노래 부르던 친구들
- 이젠 다 흩어지고 나만 홀로 남았네.
- 공후 소리 아름답던 이원아!
- 향비파와 같은 목소리를 지닌 위홍아!
- 다시 모여 향긋하고 진한 노주 한잔하자꾸나!

처용이 부르는 노래는 그 음색이 어찌나 애절한지 지나가는 사람들마저 걸음을 멈추고 귀를 기울이기 위해 무대에 몰려들었다. 갈건처사는 아무런 평을 하지 않고 뭔가 못마땅한 표정만을 짓고는 했다.

처용이 쓸쓸한 노래를 부른 지 여드레째, 처용이 '노주 한잔'을 외치는 순간 경쾌하고 밝은 악기 소리와 함께 터번을 쓴 대식국 사람이 무대로 뛰어 올라왔다. 그는 처용이 장안 투가에서 본적이 있는 아블핫산이었다. 아블핫산은 독수리 발톱을 두 손가락 사이에 끼고 5현 우드를 훑어 경쾌히 연주하며 처용의 노래로 우울했던 무대를 순식간에 밝게 만들었다. 처용의 노랫소리에 모여 있던 사람들은 이를 뒤엎는 뜻밖의 경쾌한 음에 신나서 박수를 치며 환호성을 질렀다. 아블핫산은 마치 이때다 싶은 양 노래를 시작했다.

    – 받음에 만족하고 당당하게 살아봐.
    – 굴레에 매이지 말고 자유로이 살아봐.
    – 자신보다 나은 것은 보지 마! 그것은 불안!
    – 자신보다 못한 것 둘러보고 만족하며 살아봐.

노래가 끝난 후 아블핫산은 처용을 보고 무대 아래로 내려가라는 손짓을 하며 외쳤다.

"네 노래는 그저 한탄이야! 저리로 꺼져!"

처용은 빙긋 웃으며 아블핫산에게 순순히 무대를 내주었다. 내려가는 처용의 뒤로 어딘지 모르게 그의 귀에 익은 목소리가 들렸다.

"처용아!"

목소리의 주인공은 늙은이의 것이었다. 처용이 뒤를 돌아보았지만 그와 시선을 마주치는 이는 아무도 없었다. 처용은 고개를 갸웃거리며 길을 갔다.

한참 동안 서라벌 거리를 걷던 처용은 술 한 잔 생각이 간절했지만 그에게 남아 있는 것이라고는 걸친 옷과 배고플 때 먹기 위해 싸온 마가 전부였다. 겨우겨우 찾아간 술도가에서 처용이 마를 내어놓자 주인은 손을 휘휘 내저었다.

"그런 건 안 받소! 어……. 당신 이제 보니 황룡사 앞에서 좋은 노래를 부르던 사람이구먼! 허허허, 내가 그냥 탁배기 한 잔 줄 테니 마시고 가시오."

그러면서 주인은 대접에 한가득 탁주를 퍼 주었다. 처용은 감사함을 표하며 단숨에 탁주를 들이켰다. 처용이 탁주를 단숨에 비우자 술도가 주인은 처용의 노래를 칭찬하며 다시 탁주 한 사발을 가득 담아 주었다. 그렇게 처용은 독한 탁주 세 사발을 연거푸 마셨다.

이윽고 처용은 취기가 그득히 올라, 해 지는 서라벌 거리를 거닐었다. 인가가 드문 곳으로 접어든 처용은 해가 지기 전 집에 당도하기 위해 발걸음을 더욱 재촉했다. 서라벌 중심가를 벗어나 외곽에 있는 쓸쓸한 보금자리로 돌아가려면 한참을 더 걸어가야 했다.

"어이!"

낯선 목소리에 처용은 설마 자신을 부르는 소리라고는 생각하지 않고 계속 갈 길을 갔다. 순간 체구가 큼직한 자가 처용 앞에 대뜸 다가서더니 처용을 확 밀어 쓰러트렸다.

"어이쿠!"

짧은 신음과 함께 처용이 쓰러지자마자 네 명이 한꺼번에 달려들어 처용을 발로 짓밟기 시작했다. 처용은 두 손으로 머리를 감싸고 온몸을 웅크리며 발길질을 견디려 애를 썼다. 한참 동안 계속된 발길질에 결국 처용의 발 다리가 축 늘어져 풀리고 신음만 나자 한 사내가 날이 시퍼렇게 선 짧은 칼을 품속에서 꺼내 들었다.

"우릴 너무 원망하지 말라고! 서라벌에서는 시체를 숨길 곳이 마땅찮아서 말이야……. 사람 구실 못할 정도로 적당히 손만 봐주고 목숨은 붙여 줄 거야!"

그 말에 처용은 몸을 반쯤 일으켜 손을 휘저으면서 희미해져 가는 정신을 바로 잡으려 애를 썼다. 그리고 힘껏 소리쳤다.

"난 노래를 하고 싶을 뿐이야!"

그 순간 처용은 뒤통수를 무엇인가로 맞고서는 눈앞이 새카맣게 변하며 정신을 잃고 말았다.

8.

"정신이 드시오?"

누군지는 모르겠지만 왠지 귀에 익은 목소리에 처용은 힘겹게 눈을 뜨고 머리를 들었다. 순간 처용은 머리가 지끈거려 자신도 모르게 얼굴을 찌푸렸다.

"무리하지 말고 누워 계십시오. 여긴 제집입니다."

그제야 처용은 목소리의 주인공이 누군지 알 수 있었다.

"치원 님이 아닙니까?"

깔끔한 바다색 도포를 입은 최치원은 처용의 머리에 손을 올리며 답했다.

"예, 저옵니다. 험한 일을 당하셨더군요."

처용은 지난밤 눈앞에서 번뜩이던 칼날을 떠올리며 몸서리를 쳤다. 그리고는 서서히 일어나서 팔다리를 움직여 보았다. 얻어맞은 몸이 쑤시고 결리긴 했지만 제대로 움직이지 못하는 곳은 없었다. 처용은 가볍게 한숨을 쉬며 고개를 돌려 최치원을 보았다.

"어떻게……. 당에서는 언제 돌아오신 겁니까? 난리는 끝났습니까? 게다가 어떻게 나를……?"

최치원은 쏟아지는 처용의 질문에 빙긋이 웃으며 차분히 답했다.

"황소의 난은 겨우 진압이 되었습니다. 하지만 당나라 조정은 아직 어지럽기 그지없습니다. 공을 세워 출세하려 했지만 내가 세운 공은 다른 사람이 차지해버리고 남은 것은 없었지요. 그게 다 처용 님의 충고를 듣지 않은 탓이죠. 허허허."

그 말을 하고 다소 지쳐 보이는 최치원을 향해 처용은 그리 생각하지 말라는 듯 가볍게 웃었다.

"그 후 전 신라로 돌아와야겠다고 마음먹고 급히 서라벌로 온 것이지요. 여기 오니 조만간 노래 경연을 크게 한다고 시끌벅적하더이다. 그래서 처용 님과 위홍 님이 서라벌에 와 있다는 것도 알게 되었지요."

최치원은 처용과 위홍을 깜짝 놀라게 해주기 위해 향 좋은 술을 구해 큰 술병에 담아두고 안주로는 말린 고기를 마련해 두었다. 며칠 후, 사람들을 통해 알아둔 처용과 위홍의 거처에 최치원은 홀로 찾아갔다. 하지만 해가 지도록 그들이 오지 않자 최치원은 커다란 돌에다가 '去來孤雲'(고운 왔다 감)라고 글자를 써놓고는 술 한 잔을 마시고 술병과 안주를 두고 갔다. 되돌아오는 와중에 최치원은 구타를 당하는 처용을 보고 도움을 구할 곳을 찾아보았지만 인가가 드문 외딴 길이라 도와줄 이는 없었다. 최치원이 망설이고 있는 사이 한 사내가 칼까지 빼 들며 처용을 해하려 하자 상황은 긴박해졌다.

"그렇다고 무작정 뛰어들어서는 처용 님을 구하기는커녕 나조차도 안위를 장담할 수 없는 상황이라 조금 무모한 방법을 썼지요."

최치원은 빙긋이 웃으며 일어서더니 춤을 추며 짧은 노래를 불렀다.

– 물러서거라 마마신 납신다.
– 가지에 닿는 자 마마신 납신다.
– 저리 가거라, 저리 가거라.
– 이 가지에 닿는 자 마마신이 납신다!

최치원은 다시 자리에 앉아 멋쩍게 웃었다.

"노래를 부르기 전에 얼굴에 진흙 칠을 하고 손에는 꺾은 나뭇가지를 들었지요. 그런데 그게 가시가 조금 있어 손이 좀 찔렸지 뭡니까 하하하. 손에 흘린 피를 얼굴에 묻히고 마마신을 언급하는 노래를 부르며 다가오니 이놈들이 질겁하며 피하더군요. 가지로 처용 님을 치고 있으니 그놈들이 그냥 가버립디다. 허허허."

처용은 온몸이 쑤신 와중에도 최치원의 얘기를 듣고 배를 잡고 크게 웃어대었다.

"하하하하하! 정말 고맙고도 재미있습니다. 누가 그 상황에 그렇게 하여 사람 목숨을 구할 수 있겠습니까! 저는 정말 치원 님과의 인연으로 인해 천운으로 살아난 것이군요."

"과한 칭찬에 몸 둘 바를 모르겠습니다."

처용은 다시 한 번 진심으로 최치원에게 고마움을 표한 후 장안에서 헤어진 직후 피난에 오른 일, 신라까지의 여정, 마희와의 일, 이원의 죽음 등을 길게 얘기했다. 얘기를 다 들은 최치원은 때로는 길게 한탄을 내뱉었고 때로는 눈물을 글썽였다. 얘기가 끝나갈 무렵 하인이 차를 들여왔다. 처용과 최치원은 진하게 우린 차를 마시며 얘기를 계속 나누었다.

"마희 같은 고귀한 분이 장안에서 그런 행색으로 있어야 했다는 게 참으로 안타까운 일이었습니다."

최치원의 말에 처용은 씁쓸히 웃었다.

"마희는 가련한 여인입니다. 자신이 왜 고뇌하는지도 모르고 방황하고 있는 거로 보입니다."

최치원은 고개를 끄덕이더니 처용의 눈을 똑바로 보고 얘기했다.

"전에 저보고 속된 세상에서 과연 야망을 이룰 수 있을까 하고 걱정하신 바가 있지 않으셨습니까?"

처용은 고개를 끄덕였다.

"그랬지요."

"속된 세상이라 함은 무엇을 뜻하는 것이겠습니까? 그저 자신의 이익을 탐하는 세상! 특히 신라는 진골 귀족만이 모든 것을 누리니 이에 소외된 이들은 한이 깊어질 수밖에 없습니다. 제가 당에서 돌아와 서라벌로 오기 전 전국 유람을 했었습니다. 굶주리면 굶주린 대로, 배부르면 배부른 대로 항상 한목소리로 불만이 있었습니다. 서라벌 귀족들이 모든 걸 다 차지하고 있다! 라는 소리였지요."

처용이 '허허' 웃었다. 처용은 최치원의 말 속에서 자신에게 뭔가를 갈구하는 힘을 느끼고서는 은근히 부담감을 가지게 되었다.

"전 그저 노래하고 춤추는 것만 좋아하지, 그러한 신라의 사정에 밝지 못합니다."

최치원은 빙긋이 웃으며 말했다.

"정말 모르는 것입니까. 아니면 외면하시는 겁니까? 하하하."

최치원의 말에 처용은 정말 아무것도 모르겠다는 듯 소탈하게 웃었다. 반면 최치원은 웃음기를 거두고 어느덧 진지한 태도로 바뀌어 가고 있었다.

"처용 님의 노래에는 호소력이 있습니다. 처용 님의 노랫소리는 이 우주에 흐르는 기운을 제대로 담고 있지요. 그런 울림은 사람들에게 자신의 존재감을 상기시켜 줍니다. 그런 울림이 퍼지면 이 세상은 우주의 흐름에 순응하며 흘러가겠지요. 그렇기에 저는 처용 님이 필요합니다."

처용은 차 한 모금을 홀짝 마신 후 웃는 표정으로 조심스럽게 말했다.

"저 같은 이가 치원 님에게 무슨 도움이 되겠습니까?"

"서로 도움이 될 것입니다."

최치원은 밖에서 막 들어온 늙은 종을 보며 잠시 말을 멈추었다.

"그래, 갔다 온 일은 어찌 되었는가?"

늙은 종은 머리를 조아리며 고했다.

"예, 간밤에 느티고개에서 사람을 치던 이들은 서라벌에서 노닐던 흔한 건달들은 아니었습니다. 헌데 그중에 하나는 출신이 분명한데 다름아닌 궁중 시위 무사라고 합니다."

왜 궁중 시위 무사가 자신을 노렸는지 궁금할 텐데도 처용은 굳이 그 이유를 묻지 않았다. 최치원은 다소 찡그린 표정으로 종에게 손짓했다.

"수고했네."

처용은 늙은 종을 보낸 후 처용을 바라보며 고개를 흔들었다.

"처용 님의 노래는 서라벌에서 유명합니다. 그렇기에 별별 이들이 나쁜 의도로 시비를 걸 수도 있지요. 허나 여기 머물러 있으면 괜찮을 겁니다. 그건 그렇고 내 하고자 하는 말을 마저 하지요. 처용 님은 이번 노래 경합에 분명 나설 것이지요?"

"그렇습니다. 서라벌로 온 것도 큰 노래 경합이 있다기에 온 것이죠."

"신라 왕실에서 왜 이런 노래 경합을 벌인다고 여기십니까?"

최치원의 물음에 처용은 차를 홀짝 마시며 웃었다.

"왜 그런 경합을 하는지에 대해 궁금한 건 없습니다. 그저 내가 노래를 부르고 사람들이 모이는 것이 좋을 뿐이죠."

최치원은 은은하게 웃으며 처용의 손을 잡았다.

"처용 님, 내가 처용 님을 지켜줄 터이니 이번 경합에서 꼭 우승해 주십시오."

처용은 자신의 손을 잡은 최치원의 손이 부담스러웠지만 그 간절함에 선뜻 손을 뺄 수도 없었다.

"꼭 그래야 할 이유가 있습니까? 전 그저 노래하고 춤추는 것이 좋을 뿐입니다."

최치원은 더욱 간곡히 말했다.

"그 좋은 노래와 춤으로 이 땅의 귀족들이 뭇 백성들의 눈과 귀를 가리고 사리사욕만을 챙긴다면 처용 님은 어찌하겠습니까?"

처용은 최치원이 무슨 말을 하는 건지 이해를 할 수 없었다.

"처용 님!"

"예, 말씀하시지요."

"지금 왕은 성대한 노래 경연을 열어 거기서 나온 춤과 노래로 사람들의 눈과 귀를 즐겁게 하려 하고 있습니다. 이는 그저 현실을 외면한 임시변통일 뿐입니다. 더욱 근본적인 문제를 고쳐야 당나라처럼 곳곳에 반란이 일어나 걷잡을 수 없이 나라가 무너지는 일을 막을 수 있습니다. 이대로라면 신라도 머지않아 큰 변고가 일어나 많은 사람이 죽을 것입니다."

"허!"

처용은 짧은 감탄사를 내뱉으며 최치원에게 잡힌 손을 슬며시 빼냈다.

"춤을 추고 노래를 부르는 이가 그런 혜안을 가지고 앞일을 따지지는 않소이다. 그리고 그런 이치라면 내가 노래 경연에서 최고의 위치를 차지하기보다는 아예 노래 경연에 참여하지 않는 것이 순리가 아니겠습니까?"

"아닙니다. 역으로 생각하면 춤과 노래로써 사람들의 눈과 귀를 깨울 수 있는 겁니다."

"허허허!"

처용은 목젖이 보일 정도로 턱을 들고 크게 입을 벌려 웃었다.

"치원 님의 뜻은 좋으나 제가 과연 그러한 뜻에 부합할 만한 노래를 부를 수 있을까 싶습니다."

최치원은 처용의 눈을 바라보며 말했다.

"처용 님, 이제 처용 님은 처용 님이 싫다고 해도 어쩔 수 없는 상황까지 왔습니다. 처용 님을 기습한 놈들이 누구겠습니까? 처용 님이 자신들의 뜻에 부합할 만한 노래를 부르지 않고 자신만의 노래를 널리 알릴 사람이라 여겨 해치려 하는 것입니다. 처용 님이 없다면 궁에서 원하는 다른 이가 노래 경연에서 우승하겠지요."

"허허허……. 난 그리 대단하지 않소."

"그건 처용 님의 생각일 뿐입니다. 처용 님이 서라벌로 와 노래를 시작하면서부터 서라벌은 처용 님이 어떤 노래를 할지만을 기다리고 있습니다."

최치원이 잠시 말을 멈추었지만 처용은 대꾸도 하지 않고 하늘만 올려다보았다. 최치원은 결심을 굳힌 듯 주먹을 꽉 쥐고 소리쳤다.

"처용 님! 처용 님의 노래를 통해 만백성을 구하고자 하는 내 뜻을 알리고 싶습니다!"

최치원과 처용은 한동안 각자 앞에 놓인 차가 완전히 식을 때까지 아무런 말을 하지 않았다. 최치원은 처용의 입만 보았고 처용은 그저 하늘만 바라볼 뿐이었다.

"치원 님."

침묵을 깨고 처용이 입을 열자 최치원은 반갑게 답했다.

"네!"

"전 경연에 나가 노래를 하겠습니다. 하지만 그 누구의 뜻에도 따르지 않을 것이고 그저 흥겹게 노래를 하고 춤을 출 것입니다. 혹시, 제가 부르는 노래가 치원 님의 뜻에 맞지 않아도 저는 제가 부르고 싶은 노래를 부를 것입니다."

처용의 말에 최치원은 힘없이 머리를 숙이며 한동안 말이 없다가 가볍게 한숨을 쉬었다.

"그게 처용 님이 가진 힘이죠. 부르고 싶은 노래를 부를 따름인데도 사람들이 좋아서 흥겨워하는 것! 사실 장안에서 처용 님에게 내가 지은 시가를 불러 달라 부탁했던 일도……. 언젠가 이런 제 뜻을 실현하게 할 사람은 처용 님이라는 생각에서였습니다."

처용은 빙긋이 웃었다.

"위홍의 노래는 나보다 더 부드러우면서도 경쾌합니다. 그런데 왜 위홍에게는 그런 뜻을 밝히지 않았습니까?"

최치원은 식은 차를 단숨에 마신 후 답했다.

"위홍 님은 나 같은 육두품이 아닌 진골 귀족입니다. 내 뜻을 이해하기에는 좀 무리가 있었을 것입니다. 신라에서 진골 귀족은 엄청난 특권을 가지고 있지요. 오히려 신라에 아무런 연고가 없고 노래와 춤을 사랑하는 처용 님이 내 뜻을 전하기에 맞다 여겼습니다. 그래서 하는 말이지만……."

최치원은 약간 난처한 표정을 짓더니 고개를 흔들었다.

"아……. 처용 님은 노래 경연이 있기 전까지는 여기서 묵으십시오. 그리고 누군가 처용 님을 노리고 있으니 몸을 조심하셔야 합니다. 저희 집에 있는 하인 두 명이 힘깨나 쓰고 서라벌의 이름난 건달패들과도 친하니 밖으로 나설 때 그들과 함께 다니면 함부로 해를 끼치려 하는 자는 없을 것입니다."

처용은 그 제안에 고마움을 표했다.

"미천한 저를 위해 그렇게 호의를 보이시니 정말 감사합니다. 허나 저로 인해 치원 님께 폐를 끼치고 싶지 않습니다. 치원 님의 호의는 마음으로 받겠습니다."

"아니요! 이를 거부하지 마시오! 꼭 그렇게 해야 합니다. 지금 처용 님은 매우 위험합니다!"

최치원은 벌떡 일어나 처용의 곁에 다가가 손을 잡으며 적극적으로 머물기를 권했다. 최치원의 적극적인 권유에 처용은 고개를 끄덕이며 받아들였지만 마음 한구석에는 의문이 깊어갔다. 처용은 다시 자신의 자리로 돌아가 앉는 최치원의 등에 대고 크게 말했다.

"아까 하인이 날 습격한 자 중 하나를 안다고 하지 않았습니까? 궁중시위 무사라고 하였나요?"

최치원은 잠시 우뚝 멈춰서 아주 천천히 앉으며 답했다.

"그랬지요."

"치원 님께서는 뭔가 짐작이 가십니까?"

최치원은 고개를 가로저었다.

"짐작은 가오나 오직 짐작일 뿐입니다."

처용은 '허허' 웃으며 남은 차를 단숨에 마신 후 말했다.

"치원 님께서 짐작하시는 바가 어떨지는 몰라도 궁금해하실 것 같아 얘기해 드리리다. 아마도 마희가 그랬을 겁니다. 마희는 저를 탐탁잖게 생각하지요."

최치원은 고개를 끄덕였다.

"저도 서라벌에 와서야 알게 된 얘기를 좀 해드리지요. 그 여인의원래 이름은 마희가 아니라 '김만'이라고 합니다."

처용은 그 이름에 웃었다.

"네 위홍에게 들은 바 있습니다."

최치원은 빙긋 웃으며 얘기를 계속했다.

"김만은 선대왕이신 경문왕의 공주죠. 경문왕 때 귀족들이 난을많이 일으켰는데 경문왕은 이를 두려워하지 않고 맞서서 많은 귀족을 처형했습니다. 그중에 이찬 근종이라는 자가 있었습니다. 이 자가병사들을 동원해 궁을 침범했는데 당시 나이 열다섯이었던 만이 지금의 왕이신 태자보다도 먼저 활을 들고 나가 근종을 쏘아 맞혀 이에 힘입은 병사들이 앞으로 나아가 근종이 이끈 병력을 모조리 물리친 일이 있었습니다."

최치원의 이야기는 이러했다. 난을 일으킨 근종은 상처를 입은 채 산채로 사로잡혔다. 경문왕은 만인에게 본보기를 보이기 위해 근종을 큰 거리에서 소가 끄는 수레에 팔을 매달아 양 갈래로 찢어 죽였다. 근종은 고통 속에서 비명을 지르며 높은 곳에 앉아 자신의 최후를 지켜보고 있는 경문왕과 김만에게 저주를 퍼부었다.

"내 귀신이 되어 너를 죽이고 네 자식들도 가만두지 않을 것이다!"

경문왕은 그런 근종을 비웃으며 첫째 아들인 태자, 둘째 아들, 그리고 공주 만에게 말했다.

"보아라, 저것이 왕을 치려 한 자의 최후다! 저자가 난을 성공시켰다면 바로 자신이 저렇게 될 수 있다는 사실을 명심하라."

그 이후, 만은 이상한 행동을 하기 시작했다. 느닷없이 남자 목소리로 왕을 꾸짖는가 하면 동물소리를 내기도 하고 심지어 옷을 모두 벗고 궁정 안을 다니기도 했다. 그러한 만의 행동에 경문왕은 고명한 승려를 불러 염불을 외우게도 하고 유명한 무당을 불러 굿을 하기도 했다. 허나 어찌 된 일인지 아무 소용이 없었다.

"정말로 근종의 저주인지는 알 수 없지만 김만이 근종의 처절한 최후를 눈앞에서 보고 큰 충격을 받은 것만은 틀림없었지요. 그러던 중에 왕이 돌아가신 후 만은 궁중을 나가 일 년간 돌아오지 않습니다. 그리고 일 년 후 돌아왔을 때는 누군가의 아이를 잉태하고 있었지요. 궁에서 모두 쉬쉬거려 그리 알려지지 않은 일입니다만……."

최치원의 얘기에 처용은 깜짝 놀랐다.

"그럼 어디서 혼인을 한 것이오?"

"아니요. 게다가 만은 아버지가 누구인지도 얘기하지 않았고 낳은 아이는 한 달 만에 죽었다고 합니다. 그 후 몇 년 동안 잠잠했던 만은 황룡사 주지승을 칼로 찔러 죽인 일로 큰 파문을 일으키지요."

"허! 왜 그런 일을……."

"왜 그랬는지는 김만 본인만 알 뿐이지요. 그 일로 인해 왕은 만을 장안으로 보냈습니다. 그게 오 년 전 일이었다고 합니다."

처용은 길게 한숨을 내쉬었다.

"허어……! 그렇군요."

"네, 그런데 이번에 왕궁으로 돌아와 이번 노래 경연에 적극적으로 나서고 있다 하더이다. 그런데 오 년 전 일을 기억하는 몇몇 사람들이 지금 다시 그 일을 거론하는 모양입니다. 김만은 사람을 풀어 자신을 비방하는 자나 과거를 아는 자를 찾아내 해치고 있어 여기저기서 소동이 벌어지고 있지요. 그렇기에 처용 님을 해치려는 자도 김만일지 모르겠습니다."

처용은 마희의 아름다운 모습을 떠올리며 침울한 표정을 지었다. 최치원은 처용의 손을 굳게 잡았다.

"저는 처용 님을 잃고 싶지 않습니다. 지금 이 서라벌, 아니 신라에는 처용 님의 노래가 간절히 필요합니다."

처용은 대답 대신 눈을 지그시 감았다.

7장
노래하는 서라벌

1.

처용이 최치원의 집에서 머문 지 두 달
이 지났다. 그동안 처용은 하루에 한 번씩 밖으로나가 노래를 불렀
다. 가끔 처용을 위협적인 눈빛으로 바라보는 무리가 있었지만 처용
의 좌우를 호위하는 패거리들의 위세 또한 만만치 않아 함부로 다가
서지는 않았다.

경연이 가까워져 오자 서라벌 사람들은 노래를 잘하는 네 사람을
꼽으며 누가 최고인지에 대해 논하기 시작했다.

첫째는 처용. 그가 노래를 시작하면 서라벌 사람들 모두가 따라 부
르며 즐거워했다. 처용에게는 어떤 노래를 불러도 사람들의 귀를 즐
겁게 하는 힘이 있었다.

둘째는 서반. 선비족 출신으로서 당에서 온 그의 노래는 우렁차고
도 호탕하여 많은 사람의 지지를 받고 있었다.

셋째는 대식국에서 온 아블핫산. 독수리 발톱으로 우드를 연주하며 부르는 노래는 사람들을 들뜨게 하였다.

넷째는 천축에서 온 사룬가. 탐부라라는 악기를 들고 연주하며 부르는 그의 차분한 노래는 마치 불교 경전을 듣는 것 같아 높은 지지를 받고 있었다.

신라 사람 중에도 잠깐 인기를 끈 노래를 잘하는 이들은 많았지만 각기 특색 있는 먼 나라 음악을 부르는 이들의 인기를 따라가지는 못했다. 한때 위홍이 잘생긴 외모와 부드러운 목소리로 네 명에 못지않은 높은 지지를 받았지만 두 달간 보이지 않자 사람들의 뇌리에서 잊혀 갔다. 사람들은 잊어갔어도 처용은 위홍의 근황이 항상 궁금했다.

'궁에 있어 출입이 자유롭지 않다면 사람을 시켜서라도 근황을 알릴 수 있을 텐데.'

처용은 조금 섭섭한 생각이 들었지만 한편으로는 크게 걱정이 되기도 했다. 도무지 종잡을 수 없는 마희가 옆에 있다면 험한 일을 당할 수도 있다는 생각에 이에 대해 최치원과 상의하기도 했다.

"글쎄요. 저 역시 궁 안의 사정은 알 수 없지만 마희 님이 위홍 님을 어찌할 수는 없을 겁니다."

최치원은 근래 처용이 마희라는 이름을 자주 거론하는 바람에 공주님으로 예우해 부르지 않고 아예 마희로 부르고 있었다.

"어찌 그렇소?"

"마희가 위홍 님의 조카라는 건 잘 알고 계시죠? 위홍 님은 선대왕이신 경문왕의 배다른 동생입니다. 방계라고는 하나 지금 왕보다도 항렬은 위이니 마희님 정도가 어찌할 위치는 아니지요. 허나 이런 위치는 다른 귀족들에게는 눈엣가시였을 겁니다. 위홍 님이 장안으로 갔었던 것은 본인의 선택만은 아니었을 겁니다."

처용은 위홍이 한 말을 곰곰이 생각해 보았다. 신라에 대해 위홍은 여러 이야기를 해 주었지만 정작 자신에 관한 이야기는 자신이 신라 왕족이며 서라벌에 살고 있다는 말과 사정이 여의치 않아 장안에 계속 머물러 있다는 말이 전부였다.

"위홍은 피하고 싶은 괴로움을 안고 있었던 것이군요. 난 위홍을 잘 안다고 생각했는데 그건 제 착각이었나 봅니다. 허허허."

처용의 웃음에 최치원도 웃으며 고개를 저었다.

"저 역시 이런 이야기를 이리저리 들어서 알 뿐입니다. 위홍 님에게 내가 이런 이야기를 함부로 물어보면 굉장히 불편해하시겠죠. 하여간 이런 연유가 있는 위홍 님을 궁으로 데려간 건 왜일까 생각해 보면……."

최치원은 문을 열어 밖에서 누가 엿듣는 사람이 없는지를 확인한 후에 목소리를 더욱 낮추어 말했다.

"지금 왕은 건강이 좋지 않습니다. 그런데 불행하게도 후사를 이을 아들이 없습니다. 따라서 다음 왕은 왕의 동생인 김황이 되겠죠. 허나 김황 역시 병약해 오히려 왕보다 먼저 죽을지도 모릅니다. 그렇다면 누가 신라의 왕이 되겠습니까?"

처용은 잠깐 생각해 보더니 물었다.

"혹시……? 신라에서는 여왕을 세운 전례가 두 번이나 있다 들었는데……."

최치원이 씩 웃었다.

"맞습니다. 선덕왕과 진덕왕이 있었지요. 그러나 그때는 성골 남자들이 없어 성골 여왕을 세운다는 명분이 있었지요. 진덕왕을 끝으로 신라는 성골 명맥이 끊겼습니다. 그렇기에 지금 무작정 여왕을 세우려 한다면 선대왕부터 내려오는 귀족들이 저마다 정통성을 내세워 왕이 되려 할지 모르고 신라는 혼란에 빠질 것입니다."

"그렇군요. 그럼 위홍을 데려간 건 혹시……."

처용은 입을 딱 벌렸다.

"혹시 위홍을 왕으로!"

최치원은 웃으면서도 목소리를 낮추라는 의미로 손가락을 입에 대었다.

"아직은 갑자기 위홍 님을 내세울 수는 없겠지요. 하지만 궁정 안에 두고 점차 힘을 준다면 위홍 님을 적임자로서 내세울 만은 합니다. 왕은 이런 점을 염두에 두고 위홍 님을 부른 것입니다. 이런 걸 생각해 보면 마희 님이 위홍 님을 해할 수는 없다는 것이죠. 그런데 위홍 님을 보아하니 그다지 권력에 대한 욕심은 없어 보였습니다. 그래서 제 예상에는……."

최치원은 더욱 목소리를 낮추어 속삭였다.

"마희 님이 왕이 되고 위홍 님이 이를 떠받칠 것입니다."

처용은 입을 딱 벌렸다. 최치원은 놀라는 처용을 보며 말을 덧붙였다.

"허나 그렇게 하려면 마희 님과 위홍 님을 좀 더 내세워야 하겠지요. 그렇기에 왕께서는 이번 노래 경연을 더욱 크게 이용할 것입니다."

2
다음날.

황룡사 앞으로 간 처용과 최치원은 벽보를 앞에 두고 사람들이 잔뜩 모여 있는 것을 보았다. 벽보 옆에서는 수염이 허옇게 센 늙은이가 지팡이를 짚고 서서 이두로 쓰인 벽보를 사람들에게 읽어주고 있었다.

"……해서 노래 경연을 다가오는 다음 달 보름 정오 개운포에서 하기로 하였고 신라 사람 넷, 다른 나라에서 온 이 넷이 경연을 펼친다. 참가하는 신라 사람은 다음과 같다."

　- 서라벌 김위홍
　- 서라벌 김천주
　- 완산주 도평
　- 대구화상

"타지에서 온 네 명은 다음과 같다."

- 처용

- 서반

- 대식국 아블핫산

- 천축국 사룬가

"누구라도 개운포에 와 경연을 볼 수 있다. 경연에서 제일 높은 평가를 받는 이에게는 큰 상을 내릴 것이다. 경연이 끝난 후에도 노래와 춤으로 보름간 큰 잔치를 벌일 것이니 신라 사람들이여! 성은에 감읍할지어다."

집으로 돌아온 최치원과 처용을 기다리고 있는 건 왕궁에서 나온 관리들이었다. 그들은 처용을 앞에 두고 개운포 노래 경연에 나오라 청하는 기나긴 글을 읽어 내려간 뒤 하얀 비단 한 필과 옥패 하나를 내렸다.

"경연 때 이 비단으로 옷을 지어 입고 나오시오. 그리고 이 옥패를 차고 나오시오."

할 말을 마친 그들은 무뚝뚝한 표정으로 서둘러 가버렸다. 처용은 비단과 옥패를 들고서는 집으로 들어와 최치원과 앞으로의 일에 대해 논의했다.

"김천주와 도평은 황룡사 앞에서 노래를 부르는 것을 이따금 본 적이 있습니다. 위홍이야 근래는 궁중에만 있긴 했지만 자주 노래를 선보였으니 나오는 거야 당연하겠지요. 그런데 대구화상은 대체 누구인지요?"

처용의 물음에 최치원은 씁쓸하게 웃으며 시종이 가져온 차를 한 모금 마시고서 천천히 입을 열었다.

"처용 님은 여기 사람이 아니라서 잘 모르시겠지만 신라 사람들은 대구화상 하면 곧 향가를 연상할 정도입니다. 그야말로 향가의 대가이시죠. 그가 신라 어디에선가 날을 잡아 온 종일 노래한다고 하면 왕도 그의 노래를 들으려 먼 길도 마다치 않고 직접 갈 정도입니다. 몇 년간은 종적이 묘연해 죽었거나 노래를 더는 부르지 않는다는 소문까지 있었는데 이번에 갑자기 노래 경연에 참여한다고 하니 경연에서 처용 님이 최고자리에 오를 것을 기대한 나로서는 큰 산을 만난 기분입니다."

처용은 대결에 대한 부담감보다는 대체 대구화상이 어떤 노래를 부르기에 최치원이 저렇게 말할까 호기심이 일었다.

"치원 님은 대구화상의 노래를 들은 바 있습니까?"

최치원은 고개를 끄덕였다.

"물론입니다. 악공 없이 대구화상 홀로 노래를 하는데도 경쾌한 노래를 부르면 절로 몸이 들썩이고 슬픈 노래를 하면 하염없이 눈물이 흘렀습니다. 그의 노래에는 힘이 있고 감정이 살아 숨쉬었습니다. 대구화상은 구태여 황룡사 앞에서 노래를 불러 사람들에게 자신의 실력을 알릴 필요도 없는 분이죠."

"허허."

처용은 웃으며 차로 목을 축였다. 최치원은 비단을 보고 처용을 보더니 시종에게 지필묵을 가져오라 이르고 종이에 그림을 그리기 시작했다. 최치원이 그린 것은 옷이었다.

"이렇게 조금은 특이하게 처용 님이 경연에서 입을 옷을 만들려고 합니다. 어떻습니까?"

그림의 옷은 넉넉한 소매를 하고서는 옷 여러 곳에 빨강, 노랑, 파랑, 흰색, 검정 다섯 가지 색이 있는 천을 덧댈 것을 요구하고 있었다. 처용은 최치원이 그린 그림을 보고 감탄을 금치 못했다.

"치원 님은 대체 못하는 게 무엇이오? 그림 솜씨가 대단하외다."

최치원은 조금 부끄러워하며 종이를 접어 시종에게 주며 말했다.

"이렇게 초안을 잡고 옷은 내일 직접 가서 맞추도록 하지요. 그리고 노래 경연 방식은……. 대구화상까지 내세운 저들의 의중을 보면 결코 처용 님에게 유리한 방식으로 하지는 않을 것입니다."

처용은 웃으며 고개를 끄덕였다.

"누가 무엇을 어떻게 해도 제 노래는 흔들림이 없을 겁니다."

처용의 자신 있는 말에 최치원은 해맑은 표정으로 웃음을 지었다.

3.

노래경연 전날.

"거참, 서라벌에서 하면 될 것을 왜 먼 개운포에서 하는지 모르겠습니다! 서라벌 사람들이 앞다투어 미리 길을 나서려고 난리들입니다, 난리!"

최치원의 하인 하나가 투덜거리며 말하자 최치원은 웃으며 답해주었다.

"더운 여름이니 서라벌에서 벗어나 시원한 바닷가로 가는 게 좋지! 또 개운포는 많은 사람이 모일 수 있는 곳이니 경연을 하기에도 좋은 곳이야. 인가가 **빽빽한** 서라벌에는 황룡사 앞 외에는 사람들이 많이 모일 만한 곳이 없지 않으냐, 하하하."

서라벌을 벗어나 개운포로 향하는 이들의 숫자는 가면 갈수록 늘어났다. 그중에는 말, 나귀, 노새를 타고 다니거나 심지어 가마를 타고 다니는 이들도 있었다. 신분에 상관없이 신라 최고의 구경거리를 보러 개운포로 몰려가고 있었다.

"어이쿠, 저 꼽추 같은 동물은 뭡니까요?"

최치원의 하인들을 비롯한 다수의 신라 사람들이 눈이 휘둥그레해져서 처음 보는 동물을 타고 다니는 아블핫산의 행렬을 바라보았다.

"저건 낙타라는 동물일세. 낙타! 하하하!"

최치원이 크게 웃자 처용 역시 크게 웃으며 즉시 지은 시 한 수를 노래했다.

- 사람들이 길을 가네.
- 두 발로, 말을 타고, 나귀를 타고, 낙타를 타고
- 노래를 들으러 간다네.
- 개운포에서 즐겁게 노래 불러
- 모두에게 영원히 기억되리.

최치원은 북 대신 손으로 장단을 맞추어 두들기며 신났고 노래를 들은 주변 사람은 처용을 보고 칭찬을 아끼지 않았다.

"언제 들어도 좋은 노래를 부르는구려! 꼭 이번 경연에서 최고가 될 것이오!"

"감사합니다. 정말 감사합니다."

개운포 인근에서 사람들은 밥을 지어 먹고서 하룻밤을 잤다. 그리고 다시 아침 일찍 개운포로 향했다. 역시 아침 일찍 출발한 최치원과 처용은 멀리서 보이는 개운포 인근의 광경을 보고 탄성을 질렀다.

"대단하구려!"

개운포에는 엄청난 장관이 펼쳐져 있었다. 푸른 바다를 앞에 두고 폭이 넓은 누각이 서 있었는데 그 크기는 백여 명이 올라설 수 있을 정도였다. 누각 맞은편에는 이를 굽어보는 커다란 정자가 서 있었는데 높은 기둥 위에 1층과 2층으로 지어져 있었다. 1층에는 이미 일찍 와 있는 귀족들이 술에 흥건하게 취해 떠들고 있었고 개운포 이곳저곳에 자리를 잡은 사람들은 싸온 술과 음식을 마시고 먹으며 춤추고 놀면서 분위기를 끌어올리고 있었다. 누각과 정자 아래에는 병사들이 줄지어 서서 아무나 올라오지 못하도록 막고 있었다.

"저쪽으로 가서 옷을 갈아입읍시다."

멀리 있는 나무 아래로 가 하사받은 비단으로 만든 옷을 차려입은 후 처용은 활짝 웃으며 옷매무새를 이리저리 살펴보았다. 정오가 되자 커다란 깃발이 누각 위에 우뚝 서더니 목청 큰 병사가 소리쳤다.

"경연에 참여하는 이들은 의복을 갖추고 옥패를 찬 뒤 모두 이 깃발 아래 모이시오!"

처용과 최치원이 깃발로 천천히 가보니 그곳에는 서반, 아블핫산, 사룬가, 김천주, 도평이 이미 와 있었다. 처용은 이곳저곳을 둘러보았으나 위홍의 모습은 보이지 않았다.

"자, 같이 오신 분은 이 누각 아래로 들어갈 수 없으니 물러나십시오."

병사들의 제지를 받아 더 따라갈 수 없자 최치원은 처용에게 크게 소리쳤다.

"잘하시오! 아래에서 지켜보리다!"

처용은 손을 들고서는 하얀 이를 드러내며 활짝 웃었다.

4.

"자, 다 모이셨소? 모두 날 잘 알 거요."

누각 아래는 햇빛이 들지 않아 촛불을 여러 개 켜놓고 있었고 그곳에는 황룡사 앞에서 노래를 부르러 온 사람들을 관리하며 진행을 했던 박규가 싱긋이 웃으며 앉아 있었다. 들어선 사람들은 각자 앞에 촛불 하나씩이 놓인 등받이 없는 나무 의자에 서로 멀리 떨어져 자리를 잡고 걸터앉았다.

"모두 옥패는 차고 오시었소?"

박규의 말에 누가 먼저랄 것도 없이 모두 옥패를 내보이자 박규는 만족한 듯 웃었다.

"거 옥패가 없으면 노래고 뭐고 바로 내쫓으려 했더니~ 허허허!"

박규는 가벼운 농담으로 분위기를 누그러트리려 했지만 긴장한 사람들은 아무런 반응을 보이지 않았다. 박규는 바로 본론으로 들어갔다.

"자, 그 옥패를 보면 그림이 있을 것이외다! 바로 십이지신 중 하나가 그려져 있소! 위로 올라가면 이 십이지신의 그림이 있는데 옥패와 같은 동물의 그림이 벗겨지면 불러야 할 노래 주제가 나올 것이외다!"

그 말에 통역이 없어 영문을 모르는 아블핫산과 사룬가는 주변 사람들의 눈치를 보며 어찌 된 영문인지를 몰라 했다. 신라 말을 할 줄 하는 서반은 불쾌한 기색으로 반문했다.

"아니! 그렇다면 누가 무슨 그림이 그려진 옥패를 가졌는지 다 아는 마당에 조작도 가능한 것이 아니요!"

박규는 서반의 강한 반발에도 웃음기를 거두지 않고 차분히 말했다.

"그렇게 생각하신다면 옆에 있는 다른 사람과 옥패를 바꿔도 됩니다. 다른 사람의 옥패가 마음에 안 들면 여기 남아 있는 여섯 개의 옥패 중 하나를 골라 바꿔도 됩니다."

이번에는 김천주가 소리쳤다.

"그러고 보니 왜 위홍과 대구화상은 보이지 않는 거요?"

"위홍 님과 대구화상께서는 폐하와 같이 오실 것입니다. 여기 남은 옥패를 뽑을 것이니 여러분들과 공평하게 경연에 참여하는 것이죠. 허허허."

"어험! 거참!"

도평이 뭔가 마음에 들지 않는 듯 헛기침을 했지만 더는 불만을 제기하는 사람은 없었다. 박규는 초를 들어 눈금을 보며 말했다.

"초가 녹아 이 아래 큰 눈금에 다다르면 정오가 되었음을 뜻합니다. 그때 위에서 옥패에 그려진 짐승을 호명하면 올라가시오."

서반이 옥패를 들고 벌떡 일어나 박규에게로 갔다.

"난 아무래도 옥패를 바꿔야겠소. 십이지신 중 가장 끝인 돼지는 마음에 안 들어! 남은 옥패는 어디 있소?"

"위에 있소이다. 남은 동물은 쥐, 토끼, 용, 말, 원숭이, 닭인데 뭐로 하시겠소?"

"제일 첫 번째가 남아 있구먼! 쥐로 주시오!"

서반만이 옥패를 바꾸었고 나머지는 자신의 옥패를 만지작거리며 경연을 초조하게 기다렸다. 처용은 개를 들고 있었고 아블핫산은 소, 사룬가는 뱀, 김천주는 양, 도평은 호랑이를 들고 있었다.

"그럼 무대에서 봅시다."

박규는 무대 위로 올라갔고 밖에서는 시끄러운 환호성 소리가 울려 퍼지고 있었다. 무대와 통하는 계단에는 무대 위에서 지시하는 말을 전하기 위한 시종 하나가 서 있었고 처용을 비롯한 여섯 명의 참가자들은 말없이 어색하게 앉아있었다.

"이렇게 어두운 곳에 앉혀만 놓을 거요? 거 목마른데 물이나 한 사발씩 떠 주든가!"

침묵을 깨고 서반이 역정을 내며 시종에게 소리를 질렀다. 시종은 잠시 당혹스러워하다가 '물 좀 달라고 합니다.'라고 소리쳤고 잠시 후 차와 간단한 다식이 들어왔다.

"이것 보쇼, 처용."

서반이 막 찻잔을 들던 처용에게 상당히 시비조로 말을 걸었다.

"네 말씀하시지요."

"당신은 아마 금규를 이긴 거로 상당히 거만해져 있겠지. 허나 자네나 나나 현실은 이런 대우를 받고 있어. 킬킬킬."

서반의 거친 웃음에 처용도 웃었다. 그런 처용의 웃는 모습은 촛불에 비치는 방향에 따라서는 비웃는 것으로 보이기도 했다. 서반은 울컥 화를 내었다.

"웃어? 내 말이 우습냐?"

서반은 자리에서 벌떡 일어나 처용 앞으로 다가섰다. 처용은 서반에게 나는 술 냄새를 맡을 수 있었다.

"너는 뭘 받고 이 자리에 왔느냐? 저기 천축국 놈이랑 대식국 놈이 이 신라 땅에서 자기 노래가 최고가 될 거로 생각하고 온 거 같냐? 여기 있는 신라 놈들도 마찬가지지! 금덩이 하나 받고 들러리로 온 거야!"

서반이 중국말로 떠들었기에 사룬가, 김천주와 도평은 못 알아듣고 있었지만 아블핫산은 말을 알아듣고 인상을 찌푸리며 소리쳤다.

"거 좀 조용히 하지."

"닥쳐! 이 넋 빠진 대식국 놈아!"

아블핫산은 서반을 잠깐 노려보더니 상대해봐야 좋을 게 없다는 판단이 들었는지 고개를 돌려 외면해 버렸다.

"그래 소식을 들어보니 넌 비단 한 필 받은 게 고작이더라? 하하하! 하긴 넌 최고로 인정받기 위해 여기 온 것이겠지. 허나 이건 그저 짜고 하는 경연에 불과해. 당에서는 금규에 밀리고 여기서는 들러리 광대 취급받는 나로서는 그저 적당히 즐기면서 재물만 거두어 가면 그만이지! 풉!"

서반은 말을 마친 후 식은 차를 단숨에 죽 들이켰다. 주정을 부리던 서반의 말이 잠시 끊기자 처용은 여전히 편안한 표정으로 대답했다.

"그렇군요."

처용은 여전히 웃으며 말했다.

"저 역시 즐기자고 온 것이지 특별한 뜻이 있는 게 아닙니다."

"웃기지 마! 넌 여기서 수재로 소문난 사람과 항상 붙어 있더군! 그 사람의 눈에는 야심이 보여. 왕족만 대우받는 이 나라에서 어떤 수를 쓰려고 하는지는 몰라도 일단 너를 최고로 올리고 싶어 해! 그리고 넌 그러기 위해 나온 것이 아닌가!"

처용은 거의 얼굴을 맞대며 노려보는 서반의 눈을 마주 보며 빙긋이 웃었다. 한참 동안 처용의 눈을 노려보던 서반은 갑자기 술기운이 핑 도는 것을 느끼며 몸을 비틀거렸다. 처용이 서반의 몸을 잡아주며 말했다.

"약주가 과하셨소이다. 허허허."

서반은 '쌍!' 하는 소리와 함께 처용의 손을 뿌리친 후 자세를 바로 잡고 소리쳤다.

"그래, 어디 한번 될 대로 즐겨 보자고!"

5.

경연 시작을 알리는 무희들의 춤과 노래
가 이어진 후 처용의 귀에 낯익은 노랫소리가 들려 왔다. 처용은 저
도 모르게 중얼거렸다.

"위홍이구나."

꽉 막힌 무대 아래에서는 무대 위에서 부르는 노래가 그리 잘 들리
지 않았지만 사람들의 뜨거운 환호 소리만큼은 확실히 들렸다. 위홍
의 노래는 무려 한 시진(두 시간) 동안이나 관중들의 열렬한 환호 속
에 계속되었고 기다리고 있는 이들은 초조하게 자신의 순서가 오기
만을 기다렸다. 약속된 정오를 넘어서려 하자 서반은 문 앞을 지키
고 있는 시종을 보고 화를 내었다.

"아니 경연이라고 하더니 위홍 혼자서 노래를 저렇게 오래 하나?"

그때마다 시종은 서반을 멀뚱히 바라보기만 할 뿐 어찌할 바를 몰
랐다.

"이게 뭐하자는 건지 원."

침착하게 앉아있던 김천주가 투덜거릴 무렵 마침내 시종의 목소리
가 울려 퍼졌다.

"양 그림을 갖고 계신 분! 올라오시오!"

"잘하고 오시오!"

김천주는 서반을 제외한 나머지 4인의 격려를 받으며 무대 위로 올라갔다. 잠시 후 무대 위에서 청아한 김천주의 노랫소리가 울려 퍼지는가 싶더니 환호성이 터져 나왔고 이윽고 처용의 귀에는 낯설고도 장중한 노랫소리가 들리기 시작했다.

"대구화상이다!"

노랫소리를 들은 도평이 화들짝 놀라 소리치며 무대 위로 올라가 보려고 했지만 시종의 제지를 받았다.

"흥! 대구화상이 뭐 별건가? 신라 한구석에서나 이름이 난 자가 아닌가?"

서반이 이죽거리는 와중에도 대구화상의 힘 있는 노랫소리는 좌중을 압도했다. 그 노랫소리는 무대 아래에 있는 사람들까지도 놀라움으로 은근히 들뜨게 할 정도였다. 대구화상의 노래가 끝난 후 김천주의 노래가 이어졌지만 얼마 가지 않아 사람들의 야유 소리에 파묻혔고 노래는 뚝 끊어지고 말았다.

다음으로는 사룬가가 가진 뱀이 호명되었다. 사룬가는 각오를 단단히 한 듯 자신이 아끼는 탐부라를 두 손으로 꽉 쥐고 결연한 표정으로 천천히 무대 위로 올라갔다.

"대체 위에서 무슨 일이 벌어지는 건가!"

도천이 시종에게 물었지만 역시 시종은 아무 대답도 하지 않았다. 사룬가의 특이한 노랫소리가 맑게 울려 퍼진 후 환호 소리가 울렸고 다시 대구화상의 노랫소리가 들렸는데 이번에는 좀 전의 힘 있는 노랫소리가 아니라 사룬가의 노래보다 더욱 구슬픈 가락이 울려 퍼졌

다. 대구화상의 노래가 끝나고 사룬가의 노래가 시작되었지만 이내
전에 나왔던 김천주처럼 야유에 묻혀 버렸다.

"허 참! 이런 식이었나! 하하하!"

서반이 이렇게 너털웃음을 짓는 사이 호랑이가 호출되어 도천이
나왔고 그 역시 야유 소리와 함께 퇴장당하고 말았다.

"젠장! 이봐 처용, 그리고 대식국 사람! 이대로라면 우리도 저런 망
신을 당할 거요!"

아블핫산도 고개를 끄덕이며 서반의 의중을 눈치채고 서서히 자리에
서 일어났다. 처용은 가만히 앉아 있다가 서반의 부추김을 받았다.

"뭐 하는 거요! 호명되기를 기다리지 말고 우리 전부 다 무대로 밀
고 나갑시다!"

서반이 계단을 지키고 있는 시종을 밀치고 올라섰고 아블핫산이
소리를 지르며 그 뒤를 받혔다. 처용은 '허허' 웃으며 그 뒤를 이어 계
단을 걸어 올라가 마침내 무대 위로 올라섰다. 멀리서 이 광경을 지
켜보던 최치원은 좋아서 활짝 웃음을 지었다.

"아, 이거 남은 사람들이 모두 다 무대 위로 올라왔군요. 그렇다면
네 명이 모두 노래를 겨루는 방식으로 바꿔 보겠소이다!"

무대에서 진행하던 박규가 이렇게 소리치자 구경하던 이들은 모두
좋아서 떠나갈 듯 소리를 질렀다. 처용이 무대에서 수많은 사람을
굽어보니 그 눈은 무대에 서 있는 사람 중에 유독 한 사람, 대구화상
에게 쏠려 있었다. 처용은 승복을 입고 염주를 든 대구화상을 보고
서는 깜짝 놀랐다.

'저자는 마희에게 죽을 뻔했던 곰보 스님이 아닌가!'

대구화상은 처용을 돌아보더니 웃음을 지었다. 처용도 놀란 기색을 거두고 웃음으로 화답했다.

6.

"그럼 경연을 계속해보도록 하지요! 노래하고 청중들의 반응이 좋지 않으면 알아서 무대에서 내려오면 됩니다. 또는! 저 높으신 분들께서 결정해주실 겁니다! 모두 저기를 올려다보시오!"

박규가 소리치며 가리킨 곳은 커다란 정자였다. 정자 2층에는 왕과 왕비, 왕의 동생 그리고 서라벌에 들어설 때 위홍과 처용을 호위해 주었던 양석, 황룡사 앞에서 노래를 품평하던 갈건처사가 앉아 있었다. 그리고 마희와 그 옆에 앉은 위홍이 굳은 표정으로 무대를 바라보고 있었다.

'양석과 갈건처사는 다들 신라의 높은 귀족들이었군! 허허.'

처용은 정자에 앉은 위홍을 바라보며 손을 들어 보였지만 위홍은 그런 처용을 보고도 아무런 손짓도 하지 않았다. 박규의 말이 계속되었다.

"여기 불러야 할 노래에 대한 주제가 적힌 종이가 가득 든 대통이 있소! 여기 적힌 제비를 뽑아 앞머리에는 그 단어가 들어가야 하고 전체적으로도 주제에 맞게 노래를 부르면 되오! 원래 있던 노래를 부르든지 즉석에서 지어 부르든지 이는 상관하지 않겠소! 참고로 여기에는 대식국 말과 당나라 말을 아는 사람이 다 있으니 행여 엉뚱한 내용으로 노래할 생각은 마시오! 앞서 천축국 사람은 천축국 말로 엉뚱한 노래를 부르다가 들켜 망신만 당하고 내려간 거요!"

사람들이 웃자 박규는 잠시 틈을 주며 같이 허허 웃었다.

"자! 그럼 누가 먼저 뽑을까요?"

"물어볼 게 뭐 있소! 내가 먼저 하겠소!"

서반이 대뜸 앞으로 나서 쪽지를 뽑아 펼쳐 보고 다시 밖으로 펼쳐 보였다.

'夜(야: 밤)'

박규가 쪽지에 쓰인 글을 청중에게 크게 외쳤다. 서반은 사람들을 둘러보고 '허허!'하고 크게 웃더니 청아한 목소리로 노래를 시작했다.

- 비단옷을 입고 밤에 돌아다니는 것은
- 부귀해졌는데도 고향에 돌아가지 않음과 같다 하네!
- 밤이 되면 내 모습이 잘 보이지 않고
- 사람도 다니지 않아 내 귀함을 볼 수 없다 하나
- 어둠은 모습을 숨겨
- 내 향 내음을 짙게 한다네.

서반의 깔끔한 노래에 사람들은 환호성을 질렀다. 갈건처사가 일어나 힘 있는 목소리로 노래를 품평했다.

"부귀해졌는데도 고향에 돌아가지 않음은 비단옷을 입고 밤에 돌아다니는 것과 같다는 항우의 고사를 슬쩍 바꿔 불렀지만 밤이라는 주제에 벗어나지 않은 노래고 깔끔하게 불렀으니 아주 좋소."

다음 차례인 아블핫산이 뽑은 글자는 鳥(조: 새)였다. 아블핫산은 독수리 발톱으로 우드 현을 몇 번 훑어 분위기를 내더니 노래를 시작했다.

- 한때 창공을 나르며
- 짐승을 움켜잡던 독수리 발톱이
- 이제 우드 현을 훑어 내리며
- 사람들에게 노래를 전해주네
- 창공을 가르던 독수리의 발톱이여!
- 이제 사람들의 가슴을
- 이 음악으로 움켜잡아다오!

아블핫산의 감미로운 노래도 사람들의 좋은 평가를 받았다. 갈건 처사는 주제에 벗어나지 않았음을 인정하며 다음 차례를 독촉했다.

"먼저 하시죠."

대구화상이 웃으며 처용에게 먼저 제비 뽑을 것을 권했다. 처용은 주저 없이 제비를 뽑았다.

'鞨(갈: 말갈)'

"노래하기에는 어려운 글자가 나왔구면."

사람들이 처용을 염려하며 약간 술렁이는 와중에서도 처용은 침착하게 눈을 감더니 잠시 후 노래를 시작했다.

- 짐승을 길러 생활하는 북방의 말갈이여
- 말 타고 활을 쏘는 그대들의 재주 용하도다.
- 그대들의 용맹이
- 번영을 가져올지
- 화가 될지는
- 오직 하늘만이 알지어다.

사람들은 처용의 낭랑한 노랫소리를 높게 쳐 환호를 보냈으나 앞에서 부른 서반과 아블핫산에게 보낸 환호 소리보다는 적었다. 말갈을 업신여기거나 좋지 않게 여기는 신라인들의 심정으로서는 말갈을 좀 더 좋지 않게 불러주기를 바라는 심정이 있었기 때문이었다. 이번에는 갈건처사 대신 마희가 일어났다. 그 광경을 멀리서 지켜보던 최치원은 긴장해서 자신도 모르게 주먹을 쥐었다.

"아주 평범한 노래군요. 그저 딱 말갈족 앞에서나 부를 노래지 신라 사람들에게 부를 노래는 아닙니다."

마희는 잠시 말을 멈추더니 처용을 매섭게 노려보았다. 그러나 처용은 마희의 눈길을 마주 보면서 얼굴 가득 웃음을 지을 뿐이었다. 사람들은 마희의 행동에 의아해하며 어떤 판정이 내려질까를 숨죽이며 기다렸다.

"뭐, 딱히 주제에서 벗어난 건 아니니 이번에는 이대로 인정하겠습니다. 다음에는 좀 더 주의를 기울여 주시죠."

처용은 조용히 고개를 끄덕였다. 이윽고 사람들의 엄청난 환호를 받으며 대구화상이 제비를 뽑으려 나섰다.

"홍! 별것도 아닌 것 같은데 사람들 환호만 요란하구먼."

무대에 있는 사람이 다 들을 수 있을 정도로 서반이 크게 비아냥거렸지만 대구화상은 표정 하나 변함 없이 제비를 뽑아 쪽지를 펼쳤다.

'變(변: 변하다)'

박규가 쪽지에 쓰인 글을 크게 소리치기도 전에 대구화상은 쪽지를 휘익 던지며 낭랑한 목소리로 노래했다.

– 세상 변하는 것을

– 사람들은 두려워하네!

– 바닥에 쏟아진 꿀이

– 어떤 모양으로 퍼질지 모르는 것처럼

– 아무도 모르는 일이지.

– 달이 차고 이지러짐은 이미 알기에

– 진정한 변화가 아니라네.

– 내 여자의 마음이여

– 아아 그것은

– 두려우면서도 사랑스럽다네!

사람들의 엄청난 환호 소리가 이어졌고 그와 동시에 서반과 아블핫산의 표정이 어두워졌다. 대구화상의 실력이 대단하다는 걸 가까이에서 확인했기 때문이었다. 처용은 어두운 기색 없이 빙긋이 웃음을 지으며 대구화상을 바라보았다.

　7. 노래 경연은 그렇게 세 차례씩 순서가 돌아갔고 그때마다 서반, 아블핫산, 처용, 대구화상은 자기가 부를 주제로 노래를 훌륭히 불러내었다. 청중들의 환호는 대구화상에게 좀 더 많이 쏟아졌지만 다른 세 명의 노래도 좋게 인정해 주었기에 세 번째 노래를 부를 때 서반은 겸손해진 태도로 솔직한 심정을 담아 이렇게 말했다.

　"제가 장안에서 투가(鬪歌)를 숱하게 접했지만 이렇게 노래를 듣는 안목 높으신 분들을 많이 모시고 노래를 하기는 처음입니다. 신라 사람들은 정말 대단합니다!"

　이런 팽팽한 대결 구도는 아블핫산이 네 번째 노래를 부를 때 초입부에 우드 반주를 길게 넣은 것을 기점으로 깨지기 시작했다. 반주가 길어지고 노래는 늦게 시작되자 청중들의 야유가 쏟아졌다. 야유가 들리자 아블핫산은 잠시도 버티지 못하고 우드를 내려놓으며 짜증을 냈다.

　"알았어! 그만할게! 연주를 즐길 마음은 없는 거야? 젠장!"

아블핫산이 탈락한 후 처용과 대구화상의 노래가 통과되자 거의 해 질 무렵이 되었다. 박규가 나서 제안을 했다.

"자! 그럼 여기서 한 식경(약 30분) 휴식을 하고 경연을 계속하도록 합시다. 구경 오신 분들은 무희들의 춤을 보며 기다리시오!"

알록달록한 옷을 입은 무희들이 쏟아져 나와 춤을 추는 가운데, 처용, 대구화상, 서반은 무대에 앉아 휴식을 취했다. 그들 앞에 떡과 차가 차려진 상이 하나씩 놓였다.

"흥! 저녁 식사 때인데 겨우 이것만 먹고 노래를 계속하란 말인가? 술은 없는가?"

서반이 투덜거리며 떡을 먹는 사이 처용은 대구화상에게 정겹게 말을 건네었다.

"대구화상님을 전에 제가 미처 몰라뵈었습니다. 허허허."

처용의 말에 대구화상은 쑥스러워하며 오히려 자신의 부주의를 탓했다.

"전에 큰 도움까지 받았으면서 미처 제 이름조차 말하지 못한 점 죄송하옵니다."

처용은 내친 김에 마희와의 일에 관해 묻고 싶었다.

"하필 죄다 경황이 없던 와중이었으니 어쩔 수 없었지요. 그 일 이후 몸은 괜찮은 것인지요?"

대구화상은 너털웃음을 지으며 염주를 굴렸다.

"그분이 그저 조금이나마 한이 풀렸기를 소승은 바랄 뿐입니다."

한(恨)이라는 말이 왠지 가슴속을 찌르는 것 같아 처용은 조심스럽게 물었다.

"한이라니요?"

"허허허……"

대구화상은 한참 동안 웃은 뒤에 차를 천천히 마신 후 말했다.

"처용 님이 이번 경연에서 나를 이기면 절로 알게 될 것입니다. 처용 님이 지면 인연이 아닌 일이겠지요. 허허허……"

갑자기 서반이 불쑥 끼어들어 말했다.

"스님! 출가하신 분께서 어찌 그리 속세의 승부에 연연하시는 겁니까?"

대구화상은 빙긋 웃으며 답했다.

"승부라니요. 그저 많은 사람 앞에서 노래하고 싶을 뿐입니다. 처용 그대는 어떠시오? 그대도 승부에는 그리 관심이 없지 않소? 그렇다면 이쯤하고 내려가도 괜찮지 않소? 허허허."

처용은 웃으며 답했다.

"저 역시 많은 사람들 앞에서 오랫동안 노래를 하고 싶기에 이번 투가를 도중에 그만둘 생각은 없습니다. 그렇다고 누구를 굳이 이기고 싶은 마음 또한 없습니다."

"허허허!"

대구화상은 주변 사람들이 깜짝 놀라 돌아볼 정도로 크게 웃었다.

"지쳐 쓰러질 때까지 노래한 적이 있으시오?"

대구화상의 질문에 처용은 주저 없이 답했다.

"지쳐 쓰러질 지경에 이르렀을 때 노래를 불러 힘을 낸 적이 있습니다."

"허허허허허!"

대구화상은 더욱 크게 웃으며 벌떡 일어나 외쳤다.

"그 말이 정말인지 어디 신명나게 노래해 봅시다! 내가 먼저 시작하지요!"

8.

대구화상, 처용, 서반은 십여 차례 노래를 주고받았다. 그때마다 청중들의 환호는 그칠 줄을 몰랐다. 그 누구도 주제에 따라 주저하지 않고 노래를 불렀고 음정도, 박자도 흔들림 없이 북소리에만 맞추어 아름다운 노래를 즉석에서 불러내었다. 대구화상의 차례가 왔을 때 대구화상은 제비 뽑는 것을 잠시 멈추고 한 가지를 제안했다.

"이래서 오늘이 다 간다 한들 끝이 나겠소? 내 제안을 하나 하겠는데 한번 들어 보시려오?"

"말해보시오!"

서반이 재촉했고 처용은 웃음으로 대답을 대신했다.

"혹시 지금까지 부른 노래 주제를 모두 외우고 있소이까?"

서반이 주저 없이 답했다.

"밤 야(夜) 좇을 종(從), 흐릴 탁(濁), 버들 유(柳), 공경할 지(祗), 깨달을 각(覺), 앞 전(前), 클 석(碩), 쓸 용(庸), 복숭아 도(桃), 굳을 고(固)였소!"

대구화상이 머리를 끄덕이며 자신이 받은 주제를 읊었다.

"난 변할 변(變), 새벽 조(旱), 게으를 만(慢), 토끼 토(兎), 더할 익(益), 힘쓸 노(努), 묶을 속(束), 보배 진(珍), 베 포(布), 기쁠 이(怡), 돌아올 반(返)이었습니다."

대구화상과 서반은 동시에 처용을 바라보았다. 처용은 눈을 감고 한참 동안 생각한 후 입을 열었다.

"말갈 갈(鞨), 때릴 구(毆), 붉을 적(赤), 물 흐르는 소리 잔(潺), 지을 술(述), 까치 작(鵲), 꼴 추(芻), 참을 인(忍), 기쁠 열(悅), 넓을 홍(弘), 흩을 산(散)! 입니다. 늦게 답해 죄송하옵니다."

대구화상은 미소를 띠며 말했다.

"다행히 모두 기억하니 그럼 말하겠소. 우리가 부른 노래가 모두 즉석에서 지어 부른 노래들이 아니오? 그런데 이 노래들이 이렇게 흘러 지나간다면 아깝지 않소이까? 이 노래들을 채보하여 기록해 널리 전한다면 이 아니 좋은 일이 아니겠습니까?"

사람들은 그 말에 '옳소!'를 외치며 환호했다. 박규가 소리쳤다.

"저기 정자에 앉은 자칭 갈건처사 준홍 님이 기보법(악보를 적는 법)에 밝으니 한번 맡겨두고 지금부터 전에 불렀던 노래를 단숨에 다시 불러 보시오! 행여 막힘이 있다면 승부가 가려지는 것이오!"

그 말에 서반이 이죽거렸다.

"그대는 미리 이렇게 하려고 노래를 외워둔 것 아닌가?"

그리고서는 처용을 돌아보며 물었다.

"저자가 얕은 수를 쓰는구먼! 그대는 이 자의 말을 따라 하겠는가?"

처용은 웃으며 앞으로 나섰다.

"그렇다면 제가 먼저 불러 봐도 되겠습니까?"

그리고 처용은 자신의 첫 주제인 말갈 갈(鞨)을 이어 부르고 곧이어 때릴 구(毆) 노래를 불렀다.

- 내 가슴을 마구 때리는 임에게 숨길 수 없어

- 구름 없는 저 맑은 하늘 아래 나온 내 그림자처럼

- 빗속에 젖어 드러난 살결마냥

- 감출 수 없는 내 마음이여

- 때려도 때려도 요동치는 내 심장이여

처용의 노래는 마지막 주제인 흩을 산(散)까지 완벽하게 이어졌다. 사람들의 환호가 이어진 후 대구화상이 서반을 돌아보며 물었다.

"어떻소? 그대가 먼저 하시겠소?"

서반은 퉁명스럽게 손을 흔들어 보이며 대구화상에게 권했다.

"그대가 먼저 해보시오!"

대구화상은 낭랑하고도 장중한 목소리로 첫 주제 변할 변(變)부터 마지막 돌아올 반(返)까지 자신이 불렀던 노래를 물 흐르듯이 완벽히 다시 불러내었다. 대구화상의 노래가 끝나고 환호성이 가라앉자 서반은 다소 긴장한 표정으로 앞으로 나서 노래를 시작했다. 첫 주제인 밤 야(夜)부터 시작한 서반의 노래는 열 번째 주제인 복숭아 도(桃)에 이르기까지 순탄하게 이어져갔다.

- 저 하늘 위로 흩어지는 복숭아꽃이여
- 그 아래 서서 옛 생각에 잠기네.
- 그리워서 부르는 옛 노래여 언약의 노래여……

"잠깐!"

대구화상이 갑자기 나서 노래를 끊자 서반이 화를 벌컥 내었다.

"내 노래가 아직 끝나지 않았는데 무슨 망발이오!"

두 눈을 부릅뜨고 노려보는 서반의 기세에도 대구화상은 전혀 상관하지 않고 소매를 털며 엄히 말했다.

"방금 부른 부분을 내가 다시 부르겠소."

대구화상은 '그리워서 부르는 옛 노래여 언약의 노래여' 부분을 다시 불렀다. 서반이 불렀던 노래에 비하면 목소리 높음이 약간 더 하고 미묘한 부분에서 달랐다. 서반은 대구화상의 노래를 듣더니 코웃음을 쳤다.

"억지가 너무 심하군! 난 그렇게 부르지 않았다! 다른 이들에게 물어보아라!"

시시비비가 벌어지자 정자에 앉아 있는 갈건처사와 양석, 마회 그리고 위홍까지 모여 오랫동안 의논하기 시작했다. 청중들도 둘로 나뉘어 '잘못 불렀다.', '맞게 불렀다.', '알 수가 없다.'는 식으로 논쟁을 벌이기 시작했다. 마침내 갈건처사가 일어나 결과를 말했다.

"다소 의견이 분분했으나 기보를 봐도 그 차이를 알 수 있을 정도로 확실한 것은 아니기에 맞게 부른 것으로 인정하겠소이다."

대구화상은 슬쩍 웃음을 지었고 서반은 큰소리를 쳤다.

"허어! 차이라니! 애초부터 내가 부른 노래가 이러했소! 어쨌거나 남은 노래를 계속하리다!"

순간 관중들 틈에서 한 사람이 일어나 무대 쪽으로 걸어오며 크게 소리쳤다.

"잠깐 여길 보시오! 대구화상의 지적이 맞소!"

처용이 보니 그는 바로 최치원이었다. 최치원은 손에 작은 종이 뭉치를 들고 있었다.

"여기 그동안 불렀던 노래를 기록한 공척보(工尺譜 당나라 때의 악보)가 있소! 이를 보면 처음 불렀던 곡과 다름을 알 수 있소!"

다른 기보법에는 밝으나 공척보를 알고는 있되 다소 낯설어하는 갈건처사와 양석이 정자에서 내려와 무대로 가서 최치원이 적은 종이를 살펴보기 시작했다. 종이에는 작고도 깔끔한 글씨로 악보가 촘촘히 기록되어 있어서 갈건처사와 양석은 내용을 살펴보기도 전에 감탄을 내뱉었다.

"허! 어찌 이리 작고 세밀하게 잘 쓴 건가!"

그들이 놀란 눈으로 최치원을 돌아보자 최치원은 멋쩍어하며 답했다.

"가진 것에 비해 종잇값이 비싸니 작은 글씨로 촘촘히 쓸 수밖에 없었습니다."

"허! 그게 그렇다는 게 아니라……!"

갈건처사와 양석은 연신 감탄사를 연발하며 최치원에게 공척보에 관해 물었다. 최치원의 설명을 들은 갈건처사는 공척보를 살펴보더니 무릎을 탁 쳤다.

"허허! 그렇군! 이 공척보가 내가 기록한 기보법보다 더 정확하네! 그러고 보니 애초에 서반이 부른 노래가 틀린 게 맞군!"

그 말을 귀 기울여 듣고 있던 서반이 펄쩍 뛰었다.

"아니! 그 공척보가 맞는 걸 무엇으로 증명한단 말이오! 그리고 저자는 그 공척보를 가지고도 다른 이들이 노래할 때는 뭐 하고 있다가 이때 나선단 말이오!"

그 말에 최치원은 서반에게 공척보를 주며 중얼거렸다.

"공척보를 볼 줄 아시오?"

"물론이오! 난 황실에 드나들었던 몸이요!"

"그렇다면 여기서 아무 노래나 저 두 사람에게 다시 불러 보라 시켜 보시오."

서반은 공척보를 빼앗듯이 잡아 쥐더니 얼굴이 벌겋게 달아올라 처용에게 '지을 술(述)'을 외쳤다. 처용은 주저하지 않고 노래를 불렀다. 처용의 노래가 채 끝나기도 전에 서반은 대구화상에게 '게으를 만(慢)'을 외쳤다. 대구화상은 태연히 노래를 부른 뒤 낭패감으로 어쩔 줄을 모르고 있는 서반에게 외쳤다.

"그대의 노래도 다 외우고 있는데 불러보겠소이다."

대구화상이 서반의 '쫓을 종(從)'을 주제로 한 노래를 완벽히 부르고 흐릴 탁(濁)으로 넘어가려 하자 서반은 손을 휘휘 저으며 외쳤다.

"그만하시오! 그래 내가 졌소! 에이!"

서반은 질렸다는 듯이 헛기침을 하며 무대에서 내려갔다. 대구화상은 옅은 미소를 띠우며 처용을 바라보았다. 처용 역시 입가에 흐를 듯 말 듯 미소를 띠며 대구화상을 마주 보았다.

9.

서반이 무대 아래로 내려간 후 처용은 대구화상을 바라보며 크게 소리쳤다.

"어디 그럼 이제는 단둘이서 한번 밤이 새도록 놀아보겠소이까?"

대구화상이 함박웃음을 지으며 답했다.

"좋소이다! 그렇다면 번갈아 가면서 제비를 뽑긴 하되 한 주제로 둘 다 노래를 부르는 것이 어떻소?"

처용과 대구화상의 노래 대결은 계속되었고 승부는 좀처럼 나지 않았다. 해가 완전히 지고 밤하늘의 별이 보일 시간이 되자 사람들은 각기 손에 등을 들었다. 무대 주위에도 수많은 등이 달리기 시작해 무대는 화려하게 빛났다.

"허허허!"

둘이 노래를 주고받은 지 열다섯 번째, 노래를 마친 대구화상이 크게 한번 웃더니 처용에게 말을 걸었다.

"승부가 나지 않아 사람들이 이 늦은 밤까지 자지도 않고 남아 있구려! 그래서 내가 승부를 가를 제안을 한번 할까 하는데 괜찮겠소이까?"

뒤쪽에 앉아 있던 진행자인 박규가 오래간만에 나서 처용에게 물었다.

"어떻습니까? 받아들이겠습니까?"

처용은 크게 웃었다.

"허허허! 저야 무엇이건 괜찮습니다!"

대구화상은 동의해준 처용에게 깊이 허리를 숙여 인사를 한 후 말했다.

"지금까지 우리가 부른 노래는 대부분 사람을 즐겁게 만드는 노래였소이다. 그렇다면 지금부터 부르는 노래는 심금을 울리는 노래를 함이 어떠하오? 단 여기 있는 사람들뿐만 아니라 상대도 울려야 하오."

처용은 빙긋 웃음을 지으며 고개를 끄덕였다.

"좋습니다."

"먼저 제비를 뽑으시겠소?"

처용은 제비를 뽑으려다가 멈칫거리며 대구화상에게 물었다.

"스님! 이렇게 흥겹게 노래를 부르다가 갑자기 슬픈 노래를 부르자고 하니 좀 의외외다!"

대구화상은 '허허' 웃음을 지었다.

"마음에 안 드시오?"

"마음에 안 들기보다는 사람들이 이토록 흥겨워하는데 흥을 깨고 침울하게 만드는 것이 어울리지 않소이다. 허허"

대구화상은 싱긋이 웃음을 지었다.

"아무래도 처용 님이 이번에는 자신이 없나 보오이다. 소승이 먼저 제비를 뽑아 노래를 불러 그대와 사람들을 울려 보지요!"

대구화상은 소매를 걷어 제비를 뽑으려다가 처용을 보고 외쳤다.

"그대는 사랑을 아시오?"

처용은 계속 '허허허' 하고 웃었다.

"아옵니다!"

그 말에 청중들은 폭소를 터트리고 말았다. 처용의 생김새를 보아 서는 여자를 만나고 사랑을 알 거라고는 도저히 생각되지 않았기 때 문이었다. 게다가 하필 그런 질문을 한 이가 스님이라는 점도 사람 들을 웃기는 요소였다. 처용은 웃는 사람들을 보며 자신도 크게 한 번 웃은 뒤 덧붙였다.

"사랑이 어디 특별한 것이겠습니까? 허허허!"

청중들은 '우~' 하는 소리와 함께 웅성거렸다.

"생긴 것을 보니 비역질이나 할 것 같은데 낄낄!!"

"에끼 이 사람아! 크크크크 ! 처용이가 웃기려고 그냥 신소리나 하는 거겠지!"

대구화상은 왕이 앉아 있는 정자 쪽을 한번 돌아보더니 다시 한 마디를 덧붙였다.

"그대는 부모 얼굴을 모르는구려!"

처용은 고개를 끄덕였다.

"그렇습니다. 그걸 어찌 아셨는지요?"

대구화상은 가벼이 웃음을 지으며 어딘가로 손짓을 했다. 그러자 늙은 장님 중이 두 사람의 부축을 받으며 무대로 올라섰다. 처용은 장님 중을 한참 동안 쳐다보다가 놀라 소리쳤다.

"효병 스님!"

효병은 처용의 외침을 잘 듣지 못했는지 처용 쪽으로 고개를 돌리며 고개를 갸웃거릴 뿐이었다. 대구화상은 그동안 자신이 부를 노래의 주제를 뽑아 사람들에게 알렸다.

'달 월(月)'

무대 중앙까지 온 효병은 곧바로 두 사람의 부축을 떨쳐버리더니 탄식조로 사설을 늘어놓았다.

"장안 벼슬아치 왕진! 출가하여서 한 아이를 만났네! 책 가지러 돌아갔던 지상사에서 주지 스님께 뒤늦게 들었다네. 그 아이 어미 신라 왕족이었다네. 그 어미 뒤늦게 와 아이를 한번 보고 가며 사실을 털어놓았다네. 그 아이는 신라로 돌려보내지 말라고 했네. 효병은 장안으로 돌아가 그 아이를 찾았네. 그 아이 집을 나가 오간 데 없었다네!"

대구화상은 눈을 지그시 감더니 구슬픈 목소리로 노래를 시작했다.

– 달도 뜨지 않은 밤

– 어머니 등에 업혀 떠나던 낭(郞)이여!

– 어린 자식을 절에 두고

– 울면서 떠난 발해 여인이여!

– 그토록 그대가 보고 싶어

– 여린 손바닥을 허공에 들고

– 굶주린 어린아이는

– 목 놓아 울며 노래했노라.

– 아아! 지금도 그 아이는

– 이 서라벌에서 당신을 애타게 부르노라!

대구화상의 노래를 들은 처용의 눈에 눈물이 맺히더니 눈물이 주르륵하고 흘러내렸다. 청중들도 대구화상의 처연한 노랫소리에 눈물을 훔쳤다. 효병의 탄식조 사설이 이어졌다.

"그 아이 찾아갔다네. 신라 귀족이 그 아이를 사 갔다고 했네. 신라로 가 아이를 찾았네. 내 눈이 병들어 멀고 말았네. 이제 다시는 장안으로 돌아갈 수 없네. 그 아이 찾고 싶네……."

처용은 더욱 힘주어 외쳤다.

"효병 스님! 처용이가 여기 있습니다! 여기요!"

효병은 처용 쪽을 다시 돌아보더니 갑자기 사람들이 가득한 무대 아래로 내려가려 했다. 사람들은 얼떨결에 손을 들어 비틀거리는 효병을 받았다. 효병이 소리쳤다.

"뒤로 나를 넘겨주시오! 뒤로!"

그렇게 효병은 사람들의 손에 떠밀려 뒤로 갔고 처용은 멍하니 이를 바라보았다. 처용은 마른 침을 꿀꺽 삼킨 후 대구화상에게 고개를 깊숙이 숙여 인사했다.

"덕분에 잊었던 고마우신 분을 찾고 어머니를 다시 생각해 볼 수 있었습니다. 감사합니다. 여기 계신 분들의 심금을 울리고 제 심금 또한 울렸으니 승부가 난 것이나 다름없습니다."

처용은 대구화상의 승리를 인정하고 무대를 내려가려 했다. 그러자 대구화상이 부드러운 목소리로 처용의 뒤를 잡았다.

"왜 노래를 하지 않는 것이오?"

처용은 뒤를 돌아보지 않고 눈을 지그시 감으며 말했다.

"저는 사실 슬픈 노래를 잘하지 못합니다."

"그렇다 하더라도 주제에 맞추어 노래를 부르는 것은 할 수 있지 않겠소?"

처용은 여전히 고개를 돌리지 않고 발걸음을 옮겨 서둘러 무대를 내려가려 했다. 대구화상이 급히 소리쳤다.

"난 한 여인을 무참히 강간하고 아이를 잉태시킨 후 그들을 버렸소! 아이는 죽고 여인은 가슴에 큰 상처를 가졌지!"

처용은 그 말에 우뚝 걸음을 멈추고 몸을 돌리고서는 대구화상에게 공손히 몸을 숙였다.

"그 여인이 제가 아는 여인입니까?"

대구화상은 소리쳤다.

"바로 당신이 사랑하는 여인이오! 처용 당신은 마희를 사랑하지 않았소?"

처용은 마희가 있는 누각을 바라보았다. 어찌 된 일인지 마희의 모습과 위흥의 모습은 보이지 않았다.

"사랑합니다……. 하지만 그 여인은 나보다 더 사랑하는 사람이 있소이다. 그렇기에 더욱 가슴에 묻고 싶습니다."

처용이 다시 무대에서 내려가려 발걸음을 돌리자 대구화상이 있는 힘을 다해 절규했다.

"이대로 내려가지 마라! 처용! 그대 노래를 듣고 싶다! 사랑하는 사람을 발기발기 찢어 놓은 내게! 처용 당신을 이제 몰라보는 은사를 찾아내 무대에 세운 내게! 사랑하는 사람을 가질 수 없는 이 세상을! 분노하라! 절규해다오! 당신의 열정을 내게 보여 주게나!"

처용은 고개를 숙인 채 천천히 몸을 돌렸다. 처용은 다시 무대에 자리를 잡고 고개를 들었다. 처용은 눈을 감고 있었다. 잠시 후 처용은 덩실덩실 춤을 추더니 눈을 번쩍 뜨고 흥겨운 노래를 시작하였다.

- 서라벌 달 밝은 밤에

- 밤늦도록 노니다가

- 들어와 자리를 보니

- 다리가 넷이더라!

- 둘은 내 것인데

- 둘은 누구의 것이냐!

- 본디 내 것이다만

- 빼앗겼으니 어찌 하오리오!

사람들은 처용의 흥겨운 노래와 춤에 손바닥을 마주치며 흥겨워하였지만 단 세 사람의 표정만은 굳어 있거나 슬픔에 잠겼다. 그 셋은 대구화상과 언젠가부터 무대 가까이 온 마희, 위홍이었다.

"어흐흐흐흐흐흐……."

대구화상은 슬픈 표정을 억누르려 이를 악물더니 순간 무섭게 울음을 터트리기 시작했다.

"아아! 어허허허허허허허……."

웃음을 짓던 사람들은 대구화상의 모습을 보고 어리둥절해 하기 시작했다. 대구화상의 통곡은 멈추지 않고 계속되었다. 마희는 급히 무대로 올라갔고 위홍이 그 뒤를 따랐다.

"난 더는 노래를 할 수가 없소! 처용 님의 노래는 최고요! 처용 님이 승리했소!"

대구화상이 처용의 승리를 선언하자 진행자인 박규가 어리둥절해하며 물었다.

"아니 이 흥겨운 노래를 듣고 어찌 이리 슬퍼하십니까?"

대구화상은 흐느끼며 입을 열었다.

"그대는 흥겨울지 몰라도 난 내 마음을 주체할 수 없소이다!……. 아!"

대구화상이 길게 탄식을 하며 또다시 눈물을 쏟는 사이 마희가 대구화상에게 다가왔다. 마희의 손에는 칼이 들려 있었다. 마희의 흉흉한 기세에 박규가 매우 놀라 무대에서 도망치듯 내려왔다. 마희가 칼을 치켜들고 곧장 대구화상에게 다가서자 무대 아래 사람들은 크게 소리쳤다.

"위험하다!"

"도망쳐라! 도망쳐!"

대구화상은 마희를 한번 돌아본 후 발걸음을 조금도 움직이지 않은 채 조용히 눈을 감고 합장을 올렸다. 순간 처용이 마희 앞으로 나서서 막아서며 소리쳤다.

"기억나시오? 내가 투가에서 승리해 최고자리에 오르면 내가 원하는 건 다 들어준다고 하지 않았소!"

마희는 잠시 멈칫거리더니 칼을 더욱 치켜들며 소리쳤다.

"그딴 게 뭐가 상관이냐! 저 땡중은……!"

마희는 손을 부들부들 떨었다.

"그렇다면 원하는 건 다 들어주겠다던 일은 없었던 일로 할 테니 제발 노여움을 거두시오."

마희는 크게 코웃음을 쳤다.

"흥! 그까짓 것을 물린다고 끝날 일인 줄 아느냐! 날 가로막는다면 너부터 죽일 것이다!"

마희는 처용에게 칼을 힘껏 휘둘렀다. 가까스로 칼을 피한 후 처용은 마희의 칼을 빼앗으려 했다. 그러나 마희의 칼질은 녹록지 않았다. 마희의 칼질로 처용의 옷소매가 길게 베여 나갔다. 처용은 힘껏 소리쳤다.

"그대의 슬픔과 분노를 이해하고 반성하기 위해 대구화상은 원래의 삶을 버리고 출가한 것이 아니오! 이제 용서해 주시오!"

"결코 용서할 수 없다! 그리고 너 역시 그냥 두지 않을 것이다! 저 자가 날 유혹하다가 뜻대로 되지 않으니 강제로 날 취하여 내가 사랑한 사람이 떠나가게끔 한 일을 안다면! 네가 감히 그따위 노래를 부를 수가 있는 것이냐!"

처용은 고개를 흔들었다.

"이젠 그가 돌아오지 않았소. 그러니 제발 대구화상을 용서해 주시오."

처용은 무대로 천천히 걸어오는 위홍을 바라보았다. 위홍은 차분하게 다가가 칼을 잡은 마희의 손을 움켜쥐었다.

"처용의 노래가 바로 내 심정이기도 하네. 허나 이젠 지난 일, 지금은 내가 네 곁을 지키고 있지 않으냐?"

마희는 울부짖으며 외쳤다.

"그러면 왜 그때 떠났어! 저 곰보 중이 그 날 강제로 나를 품에 안고 잔 것을 정말 배신으로 여긴 거야? 그동안 그렇게 날 완전히 모른 척하고서 왜 마지못해 내게 돌아온 것이야! 왜! 왜!"

위홍은 마희를 꼭 안았다.

"너의 완전히 변한 모습이 두려웠어. 내 굳은 표정에 날 모른 척하고 날 완전히 낯선 이처럼 대하는 태도가 두려웠지. 그래서 나도 완전히 모르는 사람처럼 대했던 거야. 마희야! 미안해, 그리고 사랑해……. 이젠 두려워하지 않을 거야. 죽는 순간까지 네 곁에 남아 있을 거야."

마희의 눈에서 뜨거운 눈물이 흘러내렸다. 청중들은 무대 상황이 정리되자 큰 환호를 보내며 처용이 부른 노래를 다시 요구했다. 처용은 잠시 망설이더니 다시 노래를 시작했고 청중들은 노래가 끝난 후 그 노래를 다시 불러 달라 소리쳤다. 그렇게 경연 마지막을 장식한 처용의 노래는 수없이 되풀이되었다.

8장
처용이여 처용이여

1.

노래 경연 후 몇 년 동안 서라벌에서는 하루도 노래와 춤이 그치지 않았다. 그 중에서도 처용의 노래는 단연 그 인기가 으뜸이었다. 사람들은 처용의 모습을 본뜬 탈을 쓰고 춤을 추었고 그의 모습이 그려진 종이가 여기저기 나붙었다. 처용이 어디를 가서 하루 식사를 청하면 그 자리에서 바로 큰 잔치가 벌어졌다.

하지만 그런 나날이 영원히 계속되지는 않았다. 왕이 병들어 죽자 서라벌에는 노랫소리가 그쳤다. 왕은 '헌강'이라는 시호가 붙었다. 그 뒤를 이어 헌강왕의 동생이 왕이 되었지만 그 역시 1년이 되지 않아 큰 병이 들었다. 왕은 아들이 없었다.

"후사를 정해 주십시오."

세간에서 갈건처사라고 알려진 시중 준흥이 청하자 왕은 마지막

힘을 짜내어 유언을 남겼다.

"선대왕께서는 본시 위홍을 염두에 두고 계셨다. 그가 영민하고 사리분별을 잘하기 때문이었지. 허나 그가 워낙 방계(傍系)이기에 야심을 품은 귀족들이 들고 일어설 것이 눈에 선하구나. 내 누이 만이가 비록 부족함이 많으나 위홍으로 하여금 보필토록 하면 될 것이니라. 이는 선대왕의 뜻이기도 하다. 그대들은 의당 선덕왕과 진덕왕의 옛일을 본받아 만이를 왕위에 세우라."

왕은 죽고 '정강'이라는 시호가 내려졌다. 마희, 아니 만은 신라 역사상 세 번째 여왕이 되었다. 여왕은 죄수를 크게 사면하고 모든 주, 군의 조세를 1년간 면제해주었다. 한때 원한이 있었지만 처용의 노래로 인해 화해하게 된 대구화상을 국사(國師: 나라에서 존경받는 승려에게 내린 칭호)로 맞아들이고 황룡사에서 대법회를 열고 설법을 들었다.

왕은 그동안의 업보를 뉘우치며 현명한 왕이 될 것을 맹세했다. 이런 여왕의 곁에는 항상 각간 위홍이 붙어 있었다. 그러자 여왕의 즉위와 위홍을 시기하는 무리가 널리 말을 퍼트렸다.

'왕이 정인(情人)인 위홍과 더불어 국정을 농락하고 있다.'

이로 인해 민심이 흉흉해졌지만 여왕은 개의치 않았다. 그리고 평소 마음에 둔 일을 위홍과 대구화상에게 지시했다.

"나라를 평안히 유지하고 내가 한때 원수같이 여겼던 그대들과 다시 평안하게 마주할 수 있었던 힘은 노래에 있었느니라. 이에 그대들에게 명하노니 각지의 노래를 모두 모아 정리하여 책을 만들라."

"삼가 명을 받들겠나이다."

위홍과 대구화상이 공손히 답했다. 여왕이 위홍에게 물었다.

"처용은 요즘 어디에 있는가?"

"최치원의 집에 머물렀는데 요즘은 보이지 않습니다."

여왕이 명했다.

"치원을 불러라."

여왕 즉위 후 조정에 입조해 있던 치원은 금방 여왕 앞으로 달려왔다.

"처용은 떠났습니다."

"떠났다고? 어디로 갔느냐?"

"몰래 떠나간 곳을 알지 못합니다."

"혹시나 남긴 말은 없느냐?"

최치원은 잠시 망설이다 답했다.

"아무 말도 없었습니다."

여왕은 실망한 낯빛을 감추지 않고 길게 한숨을 내쉬었다.

"그에게 난 큰 은혜를 입었는데 어찌 이제 와 떠난단 말인가!"

여왕이 내뱉는 기나긴 탄식은 온 궁중 안에 크게 울렸다.

2

여왕이 위홍과 대구화상에게 노래집을 만들라고 지시한 지 1년.

책은 완성되어 삼대목(三代目)이라는 이름이 붙여져 여왕에게 올려졌다. 그동안 대구화상이 입적했다. 그리고 얼마 뒤 위홍이 위중한

병에 걸려 누웠다. 여왕은 매일 위홍이 누워 있는 방에 들러 그를 간병했다.

"제발 일어나시오. 일어나서 이 삼대목에 있는 노래를 내게 불러주시오."

어느덧 말할 힘도 없어진 위홍은 여왕의 간청에 희미한 미소를 지어 화답할 뿐이었다. 여왕이 울면서 물러간 후 기력이 떨어진 위홍은 아침부터 눈을 뜨지 못하고 잠만 잤다.

"이보시오 각간."

위홍은 자신을 조심스럽게 흔드는 손길에 살짝 눈을 뜨다가 놀라고 말았다. 위홍의 옆에는 최치원과 처용이 앉아 있었다.

"처용……!"

"그래 날세."

처용은 울먹이며 위홍의 손을 잡았다.

"자네와 노래를 부르며 떠돌 때가 엊그제 같은데 왜 이리 되었나."

위홍은 여왕을 대할 때처럼 희미하게 미소를 지었다. 그리고 힘겹게 처용에게 말했다.

"……노래를 해주게……. 내가…… 겪었던 일을……. 그때 노래하고 춤추지 못하고…… 분노에 사로잡혀…… 사랑하는 이를 저주하며 나가던 그때로…… 다시 돌아가…… 다시는 그러지 않도록……"

위홍은 기력이 다해 정신을 잃었다. 하루 뒤, 위홍은 여왕의 통곡을 뒤로하고 숨을 거두었다.

3.

그리고 다시 30년이 넘는 세월이 훌쩍 지났다.

그 사이 여왕도 세상을 떠나 진성왕이라는 시호를 받았다. 대구화상과 위홍이 연이어 죽자 국사를 제대로 돌보지 않은 진성왕 때부터 신라는 각지에서 일어난 반란으로 무너지기 시작했다. 사방이 도둑으로 들끓더니 난세를 기회로 일어난 자들이 곳곳에 세력을 잡기 시작했다.

한때 왕에게 충언하며 신라조정을 바로잡으려 애쓰던 최치원은 진골 귀족들의 견제를 이기지 못하고 지방관으로 좌천되고 말았다. 최치원은 임기가 끝나자마자 속세와 인연을 끊은 채 산속에서 은거하며 지냈다. 그럼에도 젊은이들은 그의 가르침을 받으려 최치원이 은거하고 있는 곳까지 용케 찾아오곤 했다.

그 날도 늙은 몸을 이끌고서 구태여 겨울 가야산까지 찾아가 작은 절에 머물러 있던 최치원은 눈밭을 헤치고 자신을 힘들게 찾아온 두 명의 젊은이들을 맞이했다.

"허허, 이렇다니까. 어딜 가도 사람들은 내가 어디 있는지 금방 찾아내더군."

머리가 하얗게 센 최치원이 환하게 웃자 젊은이들은 조심스럽게 짐을 끌러 작은 꿀단지 하나를 내밀었다.

"꼭 가르침을 받고 싶습니다. 제자로 삼아 주십시오!"

"허허허……."

최치원은 꿀단지를 열어 손가락으로 한입을 찍어 먹은 후 고개를 끄덕였다.

"꿀맛이 좋군! 허나 난 제자를 받지 않은 지 오래네. 이제는 늙어서 내 몸 하나도 추스르기 어려운데 누굴 가르치겠나. 허허허."

"그저 곁에만 있게 해주십시오! 스승님의 수발은 모두 저희가 들겠습니다!"

"허허허……. 그대들은 정녕 풍류를 모르는구나! 젊어서 할 일은 너무나도 많은데 어찌 이런 늙은이에게 의지하려 드는가? 허허허."

최치원은 또다시 웃은 후 자리에서 일어섰다.

"나는 저기 앞 언덕에 올라갔다 오겠네. 자네들은 여기 있으면서 이 늙은이에게서 배우고자 하는 것이 진정 무엇인지 다시 생각해 보게나 허허허……."

최치원은 유건을 쓰고 지팡이를 짚고, 설피(눈밭을 걸을 때 신발에 덧대 신던 덧신)를 신은 후 느린 발걸음으로 언덕으로 올라가 사방을 보았다. 한동안 주위를 보며 웅크리고 앉아 있던 최치원은 언덕을 올라오는 사람을 보고서는 혀를 끌끌 차며 중얼거렸다.

"이번에 쫓아온 이들은 좀 끈질기군! 허허허!"

그런데 자세히 보니 누군가를 업은 사람이 올라오는데 낯이 상당히 익은 이였다. 최치원은 설마 하는 심정으로 아래를 보다가 자신도 모르게 벌떡 일어났다.

"처용! 처용께서 여기는 어쩐 일이오!"

처용은 환하게 웃으며 자신을 알아본 최치원을 향해 한걸음에 달려왔다.

"치원! 오래간만입니다!"

"여기는 어찌 알고 온 것이오! 그간 어디서 뭘 하고 계시었소! 아니 그리고 어떻게 이리도 늙지 않으셨소!"

처용은 쏟아지는 최치원의 질문을 웃음으로 넘긴 후 천천히 말했다.

"치원, 그간 참 고생이 많으셨소. 이젠 야망을 버리고 이렇게 은둔해 계시니 오히려 더 쉽게 찾을 뵐 수 있었소이다."

최치원은 처용 뒤에 업혀 있는 사람을 보았다. 너무나 늙고 말라 마치 마른 장작개비와도 같은 늙은 중이 처용의 등에서 숨만 겨우 내쉬고 있었다. 처용은 환하게 웃으며 최치원의 의문을 풀어 주었다.

"제 은사이신 효병 스님입니다. 서라벌에서는 대구화상에게 노래를 가르쳤는데 큰 병이 든 이후로 눈이 멀고 귀도 먼데다가 정신도 온전치 않게 되었습니다. 그래도 스님을 간병하다보니 어느덧 정신이 드셔서 종남산 자락에 있는 제 어머니 무덤을 가르쳐 주겠다고 하시지 뭡니까. 그래서 배를 타고 장안으로 가 제 어머니 무덤을 찾아 인사를 드리고 왔습니다."

최치원은 '허!' 하는 소리와 함께 고개를 끄덕이다가 문득 의문이 들었다.

"그런데 처용 님은 어찌 서라벌로 가지 않고 저를 찾아 여기 오신 겁니까?"

처용은 빙그레 웃음을 지었다.

"위홍이 가고⋯⋯. 마희도 갔으니 서라벌에는 더는 친구들이 남아 있지 않습니다. 서라벌에서 노래를 부르려 해도 세상이 어지러우니 흥이 나지 않소이다. 아까 멀리서 보니 치원이 여기 있는 것을 알고 오는 이들도 이미 있더구려."

최치원은 손을 내저었다.

"세상을 바꾸지 못하고 오히려 어지러운 세상을 피해 이곳에 숨은 난 껍데기일 뿐이오. 그런데도 내 허명을 좇아 이곳까지 오는 이들이 있으니 참으로 민망하기 그지없소이다."

처용은 '껄껄' 웃었다.

"나 역시 치원 님의 명성을 좇아 온 것으로 보이오?"

최치원은 급히 허리를 숙였다.

"무슨 말씀을! 처용 님은 내 영원한 벗입니다."

처용은 편안한 웃음을 지으며 등에 업은 효병에게 말했다.

"스님, 잠시만 내려와 주십시오. 춤을 춰야 합니다."

효병은 비틀거리며 처용의 등에서 천천히 내려왔다. 땅에 발을 디딘 순간 효병은 믿을 수 없을 정도로 나는 듯 사뿐사뿐 춤을 추며 처용가를 불렀다. 그 광경을 본 최치원은 가벼운 탄식과 함께 소리쳤다.

"처용 님이 날 찾아온 진정한 이유를 알겠구려. 허허허!"

처용은 활짝 웃으며 손을 내밀었다. 최치원은 그 손을 잡고서는 언덕을 내려오며 처용가를 노래했다.

한참 후, 최치원을 찾으러 언덕 위로 올라온 젊은이들은 최치원이 쓰던 지팡이와 신발, 유건이 그대로 남아있는 것을 보았다. 그들은 언덕을 올라온 발자국만 남겨두고 흔적도 없이 사라진 최치원을 찾아 소리쳤다. 젊은이들의 목소리는 메아리가 되어 휘몰아치더니 어느덧 처용이 부르는 처용가가 산등성이를 타고 은은히 울려 퍼졌다.

- 서라벌 달 밝은 밤에
- 밤늦도록 노니다가
- 들어와 자리를 보니
- 다리가 넷이더라!
- 둘은 내 것인데
- 둘은 누구의 것이냐!
- 본디 내 것이다만
- 빼앗겼으니 어찌 하오리오!
- 아아 뭇 사람들이여
- 본시 내 것은
- 아무것도 없었느니라.